# *Les Androgynes*

Jane de La Vaudère

© 2025, Jane de La Vaudère (domaine public)
Édition : BoD · Books on Demand, 31 avenue Saint-Rémy, 57600 Forbach, bod@bod.fr
Impression : Libri Plureos GmbH, Friedensallee 273, 22763 Hamburg (Allemagne)
ISBN : 978-2-3224-9750-8
Dépôt légal : Avril 2025

# JANE DE LA VAUDERE

# Les Androgynes

*Roman passionnel*

25 compositions de MAURICE NEUMONT

# I

## Le Bal des Confetti

Fiamette Silly, une des plus jolies filles de l'atelier de Pascal, le peintre des subtiles élégances, le fervent des couchers de soleil et des levers de lune, avait passé cette soirée de Mardi-Gras chez le Maître. On y voyait généralement joyeuse compagnie, mais les invitations, très rares et très recherchées, envoyées aux seuls disciples, amis et postulants de marque, ne permettaient d'entrer qu'en montrant carte rose et patte blanche, tout comme à certains mariages sensationnels. Seulement, ici, aucune cohue à craindre : les abords du temple et les couloirs demeuraient déserts, de sorte que les fidèles desservantes, dont quelques-unes n'adornaient leur nudité liliale que d'un simple manteau fourré d'hermine... ou de lapin, pouvaient pénétrer discrètement sans réjouir les regards ni offenser la pudeur.

La morale publique qui n'eut, ce jour-là, aucun outrage à subir, s'en trouva fort morose et dépitée, — ainsi qu'il arrive à quelques personnes de vertu farouche, mais d'imagination vive, — tandis qu'on s'amusait ferme dans le petit hôtel hermétiquement clos du peintre féministe.

Lorsque Fiamette Silly laissa tomber nonchalamment la fastueuse mante de martre zibeline qui enveloppait sa beauté blonde, ce ne fut qu'un cri d'admiration.

Sur son corps, nacré comme celui de l'Anadyomène émergeant des ondes, rayonnait la frissonnante rosée d'un frêle collier de diamants que ses jeunes seins faisaient glisser dans leur flux et leur reflux voluptueux.

À la vérité, Fiamette ne possédait guère que son collier et sa zibeline, mais elle gardait la foi de ses dix-huit avrils et la bonne humeur des créatures de joie qui, n'ayant plus rien à perdre, ont tout à gagner.

Le bal s'animait fort dans le grand atelier, fleuri d'une profusion de roses-thé, d'anémones et de mimosas que de délicats pistils électriques, dissimulés aux cœurs des gerbes, caressaient de fébricitantes lueurs. Les masques japonais, aux yeux et aux dents dorés, grimaçaient parmi les ivoires et les jades, sur la soie des tentures mikado. Les études de nu, empruntées aux adorables modèles qui se pressaient autour du Maître, paraissaient, par contre, un peu figées et ternes, n'étant point, comme les chefs-d'œuvre vivants de cette nuit de fête, animés du désir de la danse et des baisers.

— Moi, dit Ninoche, une belle fille qui pérorait dans un groupe d'élèves, les épaules butinées par des lèvres gourmandes, je pose en principe qu'on ne s'amuse réellement que chez Pascal.

— Tu crois ?

— Dame, il choisit les plus beaux modèles, et ne se montre pas exigeant comme bien des ratés qui le débinent !...

— Tu en tiens pour lui ?...

— Comme toutes celles qu'il a créées ! déclara crânement Ninoche, en enlevant la gaze rose qui voilait sa poitrine.

Et, en effet, l'essaim voluptueux qui bourdonnait autour du peintre composait la plus suggestive des ruches montmartroises. Les invités, de-ci, de-là, glanaient un baiser, essayaient un frôlement, une pression, une caresse plus directe ; quelques-uns, forts pressants, imploraient un rendez-vous, tâchaient d'entraîner les jolies rieuses.

Sur des coussins, dans les coins, des couples émerillonnés s'avouaient leur désir, les yeux se dilataient, les mains impatientes se cherchaient et s'étreignaient longuement.

Tigrane, l'étoile des *Folies-Perverses*, qui devait créer le principal rôle d'un ballet de Jacques Chozelle, avait accaparé Pascal et un financier très en vue. De vieux marcheurs s'empressaient autour d'elle, donnant des élytres et des antennes, au petit bonheur.

— Tu sais, disait-elle à l'artiste, je veux que tu fasses mon portrait. Tu me comprends, tu sens tout ce qu'il y a en mon âme de tendresse insaisissable, de nobles élans comprimés par les basses réalités, d'aspirations et d'envolées vers un idéal éperdument lointain ?...

Et, comme déjà Chozelle déteignait fâcheusement sur la petite, elle ajouta :

— Je suis la sphynge aux yeux pers et pervers, je suis le succube haletant d'amour morbide... je suis...

— Moi, je suis un peu pressé, déclara le financier ahuri, qui se perdit dans la cohue des jolies filles.

Pascal, un tantinet narquois, examinait les quarante-deux bagues qui grimpaient sur les phalanges, les phalangines et les phalangettes de Tigrane.

— Il n'y en a donc que pour la finance, aujourd'hui ?...

— Non, je t'aime bien aussi, tu as un je ne sais quoi qui plaît aux femmes, qui les incite aux bêtises... Je désire que tu me peignes en araignée verte ! Tu comprends, des fils menus, menus, se croisant, s'enchevêtrant sur un fond mystérieux, de façon à former une niche velue où je rayonnerai comme un astre glauque ! Tu feras de moi un monstre et un joyau rare ? Une apparition prodigieuse, divine et terrible !...

— Nous en reparlerons dans un mois...

— Non, non, tout de suite, je veux mon araignée !

Et Pascal, avec un doux sourire :

— Tu l'as, mon enfant...

Çà et là, des notabilités littéraires et autres requéraient l'attention, et l'on se chuchotait des noms avec respect ou malice. Des légendes circulaient sur les uns et sur les autres ; il y avait des célébrités de sac et de corde, des réputations à faire frémir les déportés de Nouméa !... Mais les héros de ces aventures... regrettables, semblaient se carrer dans leur turpitude, se glorifier de leur déchéance, se parer, comme d'une fleur à la boutonnière, de leur petite souillure.

Fiamette se rapprocha d'une amie, une rousse à la peau trop blanche, aux longs yeux noirs fiévreux, à la face douloureuse, encadrée de bandeaux rutilants.

— Tu n'as pas vu André ?... Il m'a quittée dès le commencement de la soirée.

L'amie aux prunelles fumeuses eut un sourire énigmatique.

— André ? Mais si, il cause avec Chozelle.

— Ah ? où sont-ils donc, Nora ?

— Là-bas, sur le divan.

Fiamette regarda entre les groupes :

— Non ; ils ont dû quitter l'atelier.

— Serais-tu jalouse ?...

— Jalouse… Pourquoi ?...

— Dame, Jacques Chozelle est une mauvaise connaissance pour André…

Fiamette haussa les épaules avec dédain.

— Qu'ai-je donc à craindre ? Mon amour a déjà su triompher de tous les obstacles ; il triomphera encore.

Nora remonta sa ceinture d'orfèvrerie, dont la fibule la meurtrissait, sur la gaze légère d'une écharpe nouée autour des reins.

— Si j'étais à ta place, je laisserais faire… André ne peut qu'entraver ton avenir…

— Je l'aime !

— Il n'a pas de fortune, pas de situation, pas d'amis influents.

— Je l'aime !

— Il n'a même pas ce je ne sais quoi qui conquiert les femmes du monde... C'est un timide et un faible... Jolie tête, mais pas de chic, pas de brio... Un amant de demi-teinte, quoi !

— Je l'aime !

— À ton aise... Ce que je t'en dis n'est que pour ton bien et par amour de l'art. J'estime qu'il est fâcheux de gâcher tant de jeunesse et de beauté au profit d'un garçon de si mince importance...

Les élèves de Pascal, à ce moment, séparèrent les deux amies, et Nora, soulevée par des bras impatients, se trouva juchée sur une table et invitée à mimer les transports des houris, ainsi qu'elle l'avait fait pendant six mois au théâtre égyptien de l'Exposition.

La jeune femme, docile, saisit les pans de son écharpe, et se livra à d'extraordinaires trémoussements du ventre et des hanches, tandis que les assistants imitaient les crissements de cigales des petites flûtes et le hoquet rauque des tambourins en délire.

Beaucoup de jolies filles sans emploi avaient, pendant l'Exposition, suppléé à l'insuffisance des danseuses exotiques. Mieux que celles-ci, elles savaient crisper leur chair en de voluptueux frissons, s'offrir, se refuser et se pâmer, tour à tour, dans cette véhémente et précise mimique en honneur aux pays du soleil, qu'on autorise imprudemment sur nos scènes parisiennes.

Nora, souple, ardente, nerveuse, avait agrémenté la danse lascive et monotone de fantaisies montmartroises, plus perversement pimentées que l'habituel simulacre d'amour, et, à coup sûr, d'un effet imprévu. Son succès faillit dépasser celui de Sada-Yacco, la mignonne poupée aux yeux bridés, à la voix roucoulante de tourterelle nippone. Tout Paris voulut applaudir la bacchante frénétique aux yeux de braise et boire sur ses lèvres le vin de volupté. Elle y avait gagné une fortune et une phtisie pulmonaire qui lentement la minait.

Une griserie soudaine éclata dans l'atelier de Pascal. Toute la salle frémit d'une houle de corps balancés, tandis que les ceintures et les ornements d'orfèvrerie sautaient sur les croupes tumultueuses et les blanches poitrines.

Nora tournait éperdument, puis lançait en l'air sa jambe fine, comme une fusée, et les paillettes de son petit soulier s'embrasaient au-dessus des têtes. Tenant d'une main le talon de satin rose, elle pivotait, légère, et tout à coup s'abattait comme une corolle fauchée, un pied de-ci, un pied de-là, dans un écart fantastique.

— Bravo, Nora, Nora la Comète !

Et cette souple fille à la peau mate, animée, semblait-il, d'une clarté intérieure, à la rutilante toison rousse, ressemblait, en effet, à un astre errant décrivant d'audacieuses paraboles.

Aux premières risettes de l'aurore, les peintres réalisèrent l'aimable fantaisie de vêtir leurs amoureuses d'une tunique de confetti, la pluie de roses étant devenue hors de prix, depuis les orgies romaines. Ce fut alors, du haut des grandes échelles de l'atelier, une grêle, une avalanche, un déluge de légères rondelles gommées qui, sur les corps moites des femmes, se fixèrent en rosaces, en arabesques, en mosaïques éclatantes…

Des ceintures de serpentins et des coiffures de cheffesses barbares complétèrent la métamorphose.

Seule, la beauté tanagréenne de Fiamette demeurait encore dans son initiale splendeur, quand un rapin décida que ce corps de lis réclamait une toison immaculée de confetti blancs, et la jolie fille, en une minute, personnifia assez bien la Fée des Frimas, couronnée de neige et ceinturée de longs rubans de givre. Comme elle riait, chatouillée par la soie du papier qui se collait à sa peau, Nora lui souffla, méchante :

— André seul n'est point là pour t'admirer...

— André !

Le jeune homme, sur le divan, paraissait sommeiller. La tête appuyée aux coussins, les yeux clos, il s'immobilisait, perdu dans un rêve...

Fiamette écarta la cohue, et, toute blanche, les cheveux dénoués, se pencha sur son ami qui réprima un mouvement d'ennui.

— Voyons, regarde-moi donc ?...

— Ah ! laisse-moi !

Mais elle lui souleva la tête et posa avec violence ses lèvres sur les siennes.

— Tu m'appartiens ! Je te veux !... Rentrons !

Pascal intervint.

— Oui, emmène-le... À quoi songe-t-il donc, pour ne pas voir que ce qu'il possède de plus précieux est en péril ?...

— Viens ! répéta Fiamette... Je garderai mes confetti ; il y aura quand même de la place pour tes baisers.

André la repoussa.

— Non, pourquoi me réveilles-tu ?... J'avais perdu la notion de la réalité stupide...

— Sois poli, interrompit Pascal.

— ... de la réalité tout court, si tu veux, et c'est une rude chance que de n'y plus songer !

— Je comprends cela, quand on a passé une heure en compagnie de Jacques Chozelle ! riposta Fiamette, agressive.

Les artistes riaient, presque tous hostiles à l'esthète inquiétant qu'évoquait ce nom.

— Quelle est la femme, ici, qui goberait un tel type ? reprit Fiamette, en promenant son regard ardent sur les rangs pressés des jolies filles que leur jeune nudité ne faisait même pas impudiques.

Il y eut, dans la salle, un bourdonnement d'abeilles butineuses au départ du mâle inutile, chassé de la ruche d'amour.

— Moi, jeta Nora, celui que j'aime, est un beau gars qui sait épuiser toutes les ressources de la volupté sans jamais bouder à la besogne ! Je suis à lui jusqu'à la mort...

— Et il te trompe avec toutes tes amies, murmura un rapin. C'est cela qui te donne une fière idée de son tempérament !...

— Oh ! fit une petite, la gorge à peine fleurie sous les mailles d'un corselet de perles bleues, qui posait une « Innocence » pour Pascal, il n'y a que les peintres pour donner du plaisir !

Pascal, pour la remercier, baisa ses yeux clairs, et lui passa au cou un collier égyptien formé de scarabées d'émail, dérobé à quelque sépulture antique. On commençait à partir, et les plus acharnés, se prenant par la main, tournaient frénétiquement autour du maître. Secouant les paillettes multicolores des confetti et les rubans frisés des serpentins, les femmes resplendissaient dans la gloire liliale de leur printemps, le corps svelte, nacré ou doré, délicieusement poli, avec les boutons rosés des seins en bataille de volupté. Puis, des couples se formèrent, glissèrent vers la sortie, dans la hâte d'une étreinte.

André se leva en bâillant, traversa l'escalier, revêtit son pardessus avec lenteur, aida distraitement sa maîtresse qui grelottait dans l'antichambre…

# II

Retour au Nid d'Amour

Ils s'en allèrent, appuyés l'un à l'autre pour se réchauffer, gagnèrent la rue Caulaincourt, la rue sinistre qui passe sur les morts, monte vers la butte, chère aux poètes et aux miséreux.

C'est là qu'ils avaient suspendu leur nid, au cinquième d'une maison d'apparence bourgeoise, et, pour leurs six cents francs par an, ils occupaient trois chambrettes ensoleillées et un cabinet servant de cuisine. De leur balcon, ils contemplaient le jardin des défunts, qui scintillait de toutes ses fleurs de verre dans l'or de ses immortelles, et, plus loin, le grouillement des vivants, acharnés à leur courte lutte inutile. Un peu de terre dessus, un peu de terre dessous ; vraiment, les vivants sont toujours près des morts, et c'est pitié de les voir se démener pour un but illusoire de quiétude et de justice !…

Fiamette avait dédaigné un commencement d'opulence pour suivre sa Chimère enjôleuse ; et le béguin, tout cérébral d'abord, avait gagné le cœur sinueusement, mais irrésistiblement. Fiamette, créature d'amour, sincère dans le don d'elle-même, devait forcément commettre la bêtise d'aimer, et, par cela, inspirer à l'amant le mépris dans le triomphe, en supprimant l'orgueil de la lutte. Cette fâcheuse générosité d'âme s'aggravait de quelque instruction, trop facilement acquise, et de beaucoup d'esprit naturel.

André Flavien possédait du talent et de la fierté, le désir impérieux d'arriver et la maladresse de tous ceux qu'un réel mérite empêche de se livrer aux basses intrigues et aux spéculations productives.

Elle et lui couraient les moulins sans galette, soupaient d'une vague charcuterie, croyaient faire la fête et vivaient comme des gueux.

André possédait encore une petite somme d'argent, provenant d'un héritage, et deux cahiers de vers copiés d'une fiévreuse écriture de rêve.

Pour toute fortune, Fiamette avait sa zibeline et son collier.

— Que t'ai-je fait ? demanda-t-elle, quand ils se retrouvèrent dans leur chambrette close, encombrée de livres et de colifichets féminins, jetés au hasard des meubles.

Il écarta un toquet de velours, une jupe de surah mauve et put s'asseoir au bord d'un fauteuil. Puis, l'attirant contre lui :

— Tu seras courageuse, ma petite Fiamette ?

Elle pâlit, voila la détresse de son regard sous ses blondes paupières, tandis qu'il glissait une main caresseuse sous sa fourrure, éprouvant la douceur de sa peau.

— Qu'as-tu à me dire ? murmura-t-elle.

— Tu sais combien je t'aime, Miette chérie ?…

— Quand tu es ainsi auprès de moi, je ne doute pas, certes, mais il y a des heures d'angoisse et d'affreuse jalousie que tu m'épargnerais si tu pouvais comprendre ma détresse d'âme !

Les lèvres d'André butinaient la chair blonde de sa maîtresse, et elle fermait les yeux, reconquise déjà, délicieusement émue sous ses caresses savantes.

— Ah ! dit-elle, je n'ai plus la force de te gronder. Chaque baiser cueille sur mes lèvres le reproche qui les brûlait et le change en mots d'amour !… Vois-tu, nous autres femmes, nous sommes perdues lorsque nous aimons !

Plus fort il la pressait contre lui, et elle se pelotonnait dans ses bras, toute frêle sous cette volonté mâle, heureuse de s'anéantir sur le cœur de son amant.

Longtemps il la dorlota, comme un enfant souffrant qu'il ne faut point faire pleurer, puis, par de spécieux raisonnements, il s'affermit dans sa résolution.

— Miette, écoute-moi avec courage.

— Encore !...

— Oui, il faut songer à l'avenir

— À quoi bon !... Profitons de l'heure présente. Ne sommes-nous pas heureux ainsi ?...

— La vie a ses nécessités.

— Tu me quittes ?...

Comme elle défaillait, toute blanche, il essaya d'atténuer l'impression douloureuse que ses paroles avaient produite sur sa maîtresse par une explication banale.

— Je ne te quitte pas... Je cherche à sortir de l'ornière, à me créer une situation... Ce n'est point à déclamer des vers dans les brasseries montmartroises que j'arriverai à me tirer d'affaire... Vrai, je suis las de tant de vains efforts !...

Il parlait avec volubilité, mal convaincu au fond.

— On t'offre quelque chose ? demanda Fiamette avec impatience.

— Oui... Oh ! je te verrai quand même, et ce sera bien meilleur... Seule, l'existence en commun est devenue impossible.

Elle essaya de mettre un peu d'ordre dans ses idées, de raisonner avec calme.

— Ta famille, sans doute !

— Non.

— Alors ?...

— Jacques Chozelle m'offre une place de secrétaire.

— Chez lui ?... Tu vas habiter chez lui ?...

— Non, pas chez lui, évidemment, mais dans les environs, afin d'être là au premier appel...

Fiamette eut un rire amer où éclatait toute sa rancune d'amoureuse en même temps que sa pitié pour la naïveté de son amant :

— Tu ne sais donc pas ce qu'on dit de Jacques ?

— Des calomnies sans importance !... Il est envié comme tous les gens arrivés ! Nous collaborerons à de belles et fortes œuvres...

— Vraiment ?

— Une idée grandiose, superbe, qu'il m'a soumise. Je vais me mettre tout de suite au travail...

— Il te fera sans doute écrire ses romans et te paiera en belles paroles...

— Quelle invention !... C'est Pascal qui t'a monté la tête...

— Pascal le juge sans acrimonie ; son dédain, je t'assure, est plein de sincérité. Il pense que Jacques Chozelle est vidé comme une coque de noix ; et qu'au physique comme au moral, il ne tient plus que par la peinture… Craquelé, vermoulu, moisi, émietté, te dis-je !

— Une rage des sots à le débiner…

— Allons donc ! Sa réputation n'est faite que du scandale qu'il soulève, et il en use, exploitant le goût du morbide, du frelaté et du corrompu qui règne en ce moment dans un certain monde…

— Ma petite Fiamette, ces appréciations ne sont pas de toi…

— Tu me juges trop futile et trop ignorante pour m'accorder une opinion personnelle ? Eh bien, oui, je ne t'apporte que le fidèle écho de ce qu'on disait, ce soir encore… On a même dû dire bien d'autres choses que je n'ai point écoutées, car j'étais loin de m'attendre à l'intrusion de Jacques dans notre joli nid si gentiment clos jusqu'à présent… Ah ! mon pauvre mignon !

André ne répliqua pas. Soit lassitude, soit volonté bien arrêtée de suivre son projet, il reprit Fiamette contre lui, chercha la pression câline de ses lèvres.

Les confetti la couvraient encore, de-ci, de-là, d'une neige capricieuse. Il s'amusa à en suivre le dessin sur son corps, s'attardant aux mystérieuses cachettes où les flocons blottis se mêlaient d'un peu d'or. Pensive, elle n'opposait nulle résistance, envahie par une volupté inconsciente.

— Tu sais bien que je t'aime, s'écria-t-il, comme elle le remerciait d'un sourire heureux, mais la vie est méchante ! Je ne veux pas que tu vendes ton collier pour moi !…

# III

## Nora, la Comète

La matinée fut douce dans la pièce étroite que les rideaux tirés laissaient mystérieusement dans l'ombre. Fiamette, les paupières fumeuses, les lèvres blêmies, dormait sur la soie épaisse de sa chevelure, lasse d'avoir aimé ou pleuré. André, un coude sur l'oreiller, demeurait songeur, indécis, entraîné vers un labeur littéraire qu'il espérait brillant, rémunérateur, et retenu par la certitude de faire du mal à son amie. « Venez me trouver, avait dit Jacques Chozelle ; je découvre en vous le talent abondant et souple que je cherche pour une œuvre à deux ; je vous montrerai mes notes, et nous pourrons commencer immédiatement. »

Chozelle avait jeté au jeune homme la nasse dorée de ses éloges, et, de cette voix cajoleuse qu'il savait prendre à l'occasion, avait fait miroiter à ses yeux tout un avenir de gloire.

André Flavien porta vers sa maîtresse un regard attristé, effleura ses cheveux d'un baiser, et procéda à sa toilette dans la pièce voisine, s'appliquant à faire le moins de bruit possible. Quand il fut prêt, il revint contempler la dormeuse, qui n'avait pas bougé, et à pas de velours sortit de l'appartement.

Nora, qui montait, le heurta dans l'escalier.

— Un louis que vous allez chez Jacques !

— Peut-être… Mais ça ne te regarde pas.

— Fiamette dort encore ?…

— Entre, si tu veux.

— Et que dirais-tu si je t'enlevais ta maîtresse ?…

— Travailles-tu pour toi ?

— Je travaille pour elle…

— Alors, enlève-la, si bon te semble ; qu'elle suive sa fantaisie ou sa fortune… Les deux, si c'est possible.

— J'admire ta philosophie… Tu prends les événements avec une sérénité…

— Ce sont eux qui me prennent, et je les laisse faire… Il ne faut point contrarier le Destin.

— Bonne chance, André !

— Bonne chance, Nora ! Un dernier baiser à Miette…

Il était au bas des marches, et Nora frappait doucement à la porte de la délaissée.

Au bout d'un moment, Fiamette vint ouvrir, un peignoir mal agrafé sur ses épaules rondes.

— Toi, de si bonne heure !

— Oui, il faut que je t'entretienne d'une chose grave, et c'est la raison qui parlera par ma bouche...

Les deux femmes, câlinement appuyées l'une à l'autre, passèrent dans le cabinet de toilette, saccagé par la fièvre impatiente d'André, qui avait jeté les serviettes au hasard. Un petit divan, drapé d'étoffes japonaises aux teintes exquises, garnissait le fond de la pièce exiguë, sous un bric-à-brac d'armes, de babouches, d'éventails et de pochades d'amis, un assemblage bizarre, et cependant harmonieux, d'objets disparates, groupé par des mains artistes.

— J'ai mauvaise mine, hein ?

Nora étouffait un accès de toux dans son mouchoir, et la fine toile de lin se teignait de rose.

Fiamette, doucement, attira sur son sein la tête pâle de son amie.

— Tu devrais être dans ton dodo à rêver d'amour.

— Ou de mort...

— Veux-tu bien te taire ? À ton âge... et avec d'aussi jolis yeux !

— Mes yeux voient plus loin que la vie, c'est peut-être pour cela qu'ils sont beaux... Mais, il ne s'agit pas de moi...

— C'est donc un motif bien sérieux qui t'a conduite ici ?

— Ma démarche serait mal jugée dans le monde bourgeois, et l'on me jetterait à la tête un fort vilain qualificatif. Cependant, crois bien que mon amitié seule me pousse en ce moment...

— Va.

— Après ton départ, à la soirée de Pascal, j'ai eu une longue conversation avec Francis Lombard... Il t'aime et m'a chargée de te le dire.

Fiamette, dans un mouvement brusque, repoussa son amie.

— Oh ! c'est mal ! Je ne quitterai jamais André, tu le sais bien !

Le sourire de Nora se teignit d'indulgence.

— En effet, tu n'auras pas cette peine, c'est lui qui s'en ira...

— Non, tu ne connais pas mon influence sur lui... Je t'assure qu'André tient plus à moi qu'il ne le pense...

— Je l'ai rencontré dans l'escalier ; il se rendait chez Chozelle.

— Et puis après ?...

— Il croit à la parole de l'intrigant qui lui a promis sa protection ; il est fier et souffre de te voir dans la gêne... Lui-même m'a autorisée à te parler comme je le fais...

— Il t'a dit ?...

— Que tu pouvais suivre ta fantaisie... oui.

Fiamette tressaillit douloureusement ; puis, essayant de prendre un ton enjoué :

— Alors, tu m'offres une situation étonnante...

— Petit hôtel, chevaux, domesticité correcte et le cœur d'un brave garçon qui vaut autant que sa fortune, ce qui est rare.

Voyons, est-ce que cette guenille ne déshonore point ta jeune royauté ?

Nora, d'un doigt dédaigneux, découvrait un bout de sein rose sous une dentelle douteuse :

— À nous les points d'Angleterre, les Bruges veloutés et les guipures précieuses ! La femme, ma chérie, n'a que quinze années de son existence pour rouler et amasser mousse... Après, elle roule encore, mais elle n'amasse plus rien... Moi, au moins, je puis mourir tranquille et me faire dorloter comme si on m'aimait réellement... C'est l'Exposition qui m'a rapporté cela, la danse de Mahomet et du Moulin-Rouge !

— Ah ! tu marchais bien...

— Tant que je pouvais !...

— Tu as conquis l'indépendance ; certes, c'est quelque chose...

— C'est tout ! Ne cherche pas, il n'y a rien au-dessus ! Ah ! j'ai connu la misère plus que toi, et les dédains des imbéciles, et les rebuffades des cuistres, et les propositions des beaux messieurs qui prétendaient me guider et vivre à mes dépens !... C'est ça qui donne une fière idée de l'autre sexe ! Voyons, ma petite Fiamette, réfléchis à l'occasion merveilleuse que je t'offre... Oui, j'ai l'air de jouer un rôle assez louche, mais tu me connais, tu sais que je suis incapable d'une mauvaise action et que je n'agis que dans ton intérêt ?

— Je sais.

— Alors, dis oui, et je cours porter la réponse à l'amoureux qui m'attend en bas...

— À ma porte ?

— Regarde !

Fiamette se pencha, curieuse, à son balcon, et aperçut un coupé bleu sombre attelé d'un cheval alezan, dont la robe brillait comme de l'or, et un cocher impeccablement empalé sur son siège.

— « Ta voiture ! » dit Nora, en riant. Vite, mets ta plus jolie robe, ta martre zibeline et ton collier ! C'est le Bonheur qui passe !...

Fiamette envoya un baiser à ce Bonheur toujours si pressé qui trotte l'amble dans notre vie, rentra dans la chambrette tiède, rejeta son peignoir défraîchi, et, se glissant entre les draps, à la place de l'amant trop chéri :

— J'aime mieux dormir ! dit-elle.

# IV

### Fœtus et Salamandres

*Je t'aime, ô ma maîtresse, ainsi que le ciel bleu,*
*Les brises, les parfums, les monts, les bois, les ondes,*
*Les rires, les chansons, les extases profondes*
    *Et les baisers de feu !*

*Je t'aime, ô ma maîtresse !… À ta bouche sans trêve*
*Se suspend mon désir, papillon enchanté !*
*Et j'ai connu par toi l'ardente volupté*
    *De posséder mon Rêve !*

*J'ai clos sur ta caresse éperdument mon cœur,*
*Afin qu'en souvenir, prisonnière et vibrante,*
*Elle me donne encor la secousse enivrante*
    *De ton spasme vainqueur !*

*Si l'amour dans les cieux renaît pour ses fidèles,*
*Ma maîtresse, je veux sur tes lèvres mourir,*
*Pour garder du baiser, qu'elles feront fleurir,*
    *Les roses éternelles !*

Jacques bâille dans la bergère de soie verte où il s'allonge paresseusement.

— De l'amour ! Toujours de l'amour !… Ah ! mon petit, il faudra changer cela !

— Ne plus aimer ?

— Aimer autrement ; aimer l'être supérieur, l'Androgyne divin qui forme à lui seul un tout parfait.

— Je ne comprends pas.

— La femme, mon enfant, ne saurait nous satisfaire, parce que sa nature inférieure ne répond pas aux aspirations de notre intelligence.

« Notre tempérament d'artiste souffre de son incompréhension, de la brutalité de sa passion, toujours exagérée, en même temps que de sa soumission trop grande à nos désirs. La femme a plus d'instinct que de raisonnement ; elle se rapproche trop de l'animalité.

— C'est sa faiblesse qui fait son charme. Ne sommes-nous pas heureux de la protéger moralement en nous caressant à sa tendresse maternelle ou amoureuse ?... L'homme le plus fort n'aime-t-il point à s'anéantir dans les bras souples d'une maîtresse ?...

— Basse littérature, mon cher. L'initiation vous fera juger différemment. L'amour réel ne peut exister qu'entre deux êtres égaux, et j'entends par *amour* non seulement la griserie des sens, mais la communion adorable de deux âmes pareilles. Les Androgynes ont connu la plénitude du bonheur. Ne pouvant avoir comme eux le double appareil de génération, tâchons de posséder au moins au moral la force de fécondation et de création.

André sourit.

— Ne savez-vous pas, Maître, que les Androgynes étaient des êtres supérieurs, mais remplis d'orgueil ; qu'ils voulurent, comme les Titans, escalader l'Olympe, et que c'est Jupiter qui opéra, pour les punir, la séparation dont nous nous plaignons aujourd'hui. Ayant deux visages, quatre bras et quatre jambes, ils purent être coupés en deux sans difficulté. L'homme incomplet cherche éternellement sa moitié douloureuse, car l'univers est si grand qu'il a peu de chance de la trouver !

— L'homme, mon petit, doit tâcher de regagner son état primitif en se suffisant à lui-même.

— C'est la fin du monde !

— Tant mieux. Le monde tel qu'il est ne vaut pas une messe, et il peut bien s'éteindre dans l'impénitence, en admettant que le bien et le mal existent... Affaire d'appréciation... Voyons, lisez-moi autre chose que des chansons d'amour !

André choisit d'autres feuillets, met à nu son âme nostalgique de poète, et Jacques, en fumant du tabac plus pâle que les miettes dédorées des vraies hosties, l'écoute d'un air distrait.

Le jeune homme, son rouleau de papier entre les doigts, attend anxieusement le jugement que vont laisser tomber les lèvres autorisées du Maître. Son regard étonné erre sur les murs où s'étalent d'étonnantes peintures représentant de vagues fœtus qui nagent dans de l'alcool. Après un examen plus attentif, il s'aperçoit que ce sont des enfants-fleurs, des petits garçons hydrocéphales qui poussent des feuilles hors d'un vase à reflets glauques, penchent leur tête exsangue et monstrueuse comme une morbide corolle. À terre, sur des coussins, s'étalent des couleuvres et des salamandres pustulées d'ocre et de cinabre, des lombrics-fleurs aussi, et André a envie de donner une chiquenaude au Maître, immobile sur son fauteuil, pour bien s'assurer qu'il n'est point également un flamboyant reptile endormi dans l'hallucination de ce marécage en chambre.

— Vous regardez mes études « de rêve ». C'est beau, n'est-ce pas ? On sent l'odeur « lancinante et câlineuse » des charniers devant ces têtes « violées » d'adolescents ! Et le grouillement figé de ces larves semble la caresse des corps décomposés sous l'onde lorsqu'on plonge parmi les nénuphars !... Oh ! les nénuphars verts et les iris noirs ! Oh !...

André est mal à l'aise ; il voudrait, cependant, dire quelque chose d'aimable ; mais Chozelle ne lui en laisse pas le temps. Il est lancé et parle abondamment de son talent, de son génie, de sa beauté et de sa santé chancelante.

— Vos petits vers, mon cher André, ne sont pas « artistes » : trop de sentiment, de clarté, d'émotion bourgeoise. Voyez-vous, il ne faut jamais essayer d'exprimer le sens des choses, ni votre état d'âme ; l'écriture, seule, le groupement des mots garde quelque importance. Soyez esthétique dans la forme ; l'idée fatigue les lecteurs, trouble les digestions.

— Mais l'esthétique change, tandis que l'idée demeure.

— Peuh !... Nos tableaux se démodent moins que nos écrits !... Faites votre palette, mon cher, avec des tons rares, des tons de végétaux vénéneux, d'herbes aquatiques et de méduses échouées. Ne craignez pas de tremper votre pinceau dans la putréfaction des eaux stagnantes et des chairs blettes… Relisez « *La Charogne* » du divin Baudelaire… Un chef-d'œuvre !

— Certes, mais il y a dans ce morceau mieux que des mots groupés comme des lombrics autour d'une racine poreuse.

— Je veux n'y voir que des mots et de l'horreur ; puisque vous désirez travailler avec moi, pénétrez-vous de mon essence morbide, de mon charme démoniaque, de mon étrangeté inquiétante…

— Je tâcherai... Voulez-vous écouter encore ce petit morceau, où il y a une image, je crois ?

André choisit un autre poème.

— C'est un coucher de soleil, dit-il, je lirai rapidement.

Et, quand il eut achevé, il demanda avec une angoisse suppliante :

— Est-ce mieux ?

— Non !... Ce n'est pas ma manière. Trop de clarté... On n'admire vraiment que ce qu'on ne comprend pas.

— Vous me conseillerez ?...

— Mon enfant, appelez-moi cher Maître. Je serai heureux de m'appuyer à votre épaule jeune et robuste... Votre tête fine et vos grands yeux ajouteront à ma gloire... On nous verra ensemble, et l'on pensera à cet autre Maître tant calomnié qui se montrait parfois dans tout le rayonnement de son génie avec son compagnon d'élection... Ah ! qu'il était beau, cet amant de la forme et de la poésie !

— Le maître ?

— Non, l'ami.

Et Jacques, se reculant un peu, considéra longuement André avec sévérité ; puis, se rapprochant, il lui tapota le dos et la poitrine, ainsi que font les maquignons pour un poulain de race.

— Les épaules larges, la taille mince... Vous êtes mal habillé, mon cher, mais je devine, sous cet humble veston, des sinuosités exquises, un derme rare...

André, surpris, avait pâli légèrement.

— Oh ! dit Jacques, en riant, je veux que mon disciple me fasse honneur ; je suis artiste avant tout.

Le jeune homme jeta un regard découragé aux salamandres, dont les pustules éclataient sur les meubles, et aux fœtus-fleurs figés dans l'huile rance d'une peinture naïve, malgré ses prétentions.

Jacques, la moustache fine, les cils baissés sur ses yeux d'un bleu trouble, se pinça le bout de l'oreille pour le faire rougir.

— C'est un artiste de beaucoup d'intuitivité qui m'a fait ces études, d'après le Rêve…

— Ah !

— Un rêve d'opium qui dura une nuit entière, et nous tint tous sous ses griffes puissantes… Ah ! ce fut une angoisse et une volupté non pareilles ! Je vous initierai…

André, blême, mélancolique, se disait que la vie était dure et que quelques louis feraient mieux son affaire. Mais il n'osait aborder cette question terre à terre, attendait impatiemment l'offre généreuse de collaboration.

— Et ce travail pressé ? demanda-t-il, enfin, d'une voix blanche.

— Je ne l'ai point oublié, mon jeune ami ; il faut, pour vous y livrer fructueusement, que vous connaissiez mon genre, ma manière, que vous endossiez, si je puis m'exprimer ainsi, ma peau. Dans mes œuvres, je parle surtout de moi, et cela éveille la curiosité du lecteur, l'intéresse beaucoup plus qu'une aventure d'imagination à laquelle on ne songe plus, le livre fermé. Je ne suis point tout à fait ce qu'on vous a dit, et ce que vous pourriez croire…

— Je ne crois rien. Serais-je ici, autrement ?

Jacques se mordit les lèvres.

— En ce temps de réclame à outrance, il faut se créer une personnalité presque inquiétante pour sortir des rangs, et cela s'use vite, car les imitateurs abondent.

— Oh ! je sais…

— Oui, vous avez vu beaucoup de jeunes me copier d'une façon déplorable. Eh bien, André, mon doux ami, mon cher disciple, il faut que mon talent soit inimitable et… cela vous regarde…

— Moi !

— Certes. Quand vous aurez vécu quelque temps dans mon intimité, vous me comprendrez et vous écrirez de belles et grandes choses.

— Ah !

— Pour cela, mon mignon, vous aurez deux cents francs par mois… Je voudrais faire plus, mais je suis pauvre, vous le savez. C'est entendu ?

André réfléchit qu'il devait deux termes au propriétaire et qu'il ne savait vraiment comment il vivrait le mois prochain ; les larmes aux yeux et la gorge contractée, il accepta.

Fraternel, Jacques le reconduisit jusqu'à la porte, une main appuyée sur son épaule.

— Maître, dit André, en rougissant, pourriez-vous m'avancer quelque argent… je suis gêné, en ce moment, et

j'ai une maîtresse...

— Une maîtresse ! fi ! Vous n'êtes point, je le vois, dans les idées nouvelles... Les femmes nous déshonorent par leur infériorité physique et morale.

— Pourtant, dans vos livres…

— Oui, j'en mets dans mes livres, parce qu'il faut bien satisfaire le lecteur, qui est aussi un être grossier, mais je n'en mets pas dans ma vie… D'ailleurs, mes femmes littéraires sont des créatures d'exception qui peuvent avoir quelque charme. J'en fais des mortes pensantes, des amantes astrales, pour ainsi dire insexuées, et, dans mes articles, je me venge de cette concession accordée au mauvais goût des foules… Quand vous saurez, vous m'imiterez… À propos, votre habit d'hier vous allait bien… Venez me prendre, samedi prochain, à sept heures. Je vous conduirai à un dîner d'hommes, où quelques arcanes du mystère vous seront révélées…

Négligemment, Jacques plongea ses doigts bagués d'aigues-marines et d'opales dans une des poches de son gilet, et tendit un louis au disciple confus.

# V

### Entre Amants

— C'est toi, dit Fiamette, en se soulevant sur l'oreiller, je savais bien que tu reviendrais !

— Comment, encore couchée… Il est deux heures !

— Je n'avais pas de quoi déjeuner, alors j'ai dormi…

— Je n'ai pas déjeuné non plus. Tiens, voici vingt francs.

Joyeusement, la jeune femme bondit hors du lit, se baigna d'eau fraîche, passa une jupe de drap, jeta sa zibeline sur ses épaules, et, relevant ses cheveux en casque d'or, dégringola les cinq étages. Elle chantait, et André écoutait sa voix jolie avec l'accompagnement des petits talons sur les marches.

« Une femme, une amie, une compagne attentive et discrète qui soigne le cœur et le corps avec des gestes spirituels, des effleurements de caresses compréhensives !… Quoi de plus doux, ici-bas ? se demandait-il, en songeant aux paroles âpres et vindicatives de Jacques.

Et, d'instinct, il se méfiait du bellâtre aux yeux troubles, à la lèvre dédaigneuse, bavant des éloges et du fiel. Mais quoi ? il fallait vivre, et, dans le métier des lettres, on prend ce qui s'offre, avec l'espoir des éclatantes revanches, quand le succès fructueux sera venu.

Fiamette, au bout de dix minutes, rentra, chargée de provisions ; et, sur un bout de table, on dévora avec un appétit terrible, une belle faim de jeunesse saine et robuste.

— Alors, tu as vu Jacques Chozelle ?… Comment est-ce, chez lui ?

— Quelconque dans l'ensemble, avec des détails bizarres. Je m'imaginais tout autrement cet intérieur de poète. Ma parole, c'est mieux chez nous...

— Bravo ! tu resteras chez nous.

— Ma pauvre Miette, je voudrais bien... Hélas ! ce n'est pas possible...

— Oh ! le méchant !

Avec des plaintes de petite fille, elle se jeta à son cou, frotta son menton au sien, en fermant les yeux comme une chatte qui boit du lait. Et toutes les menues caresses de celles qui aiment vinrent troubler le jeune homme délicieusement.

— André, je ne veux pas que tu travailles pour cet homme !

— Mais nous n'avons rien, rien que des babioles sans valeur qui ne nous feraient pas vivre un mois !... Jacques me propose deux cents francs.

— Es-tu bien sûr qu'un autre ne te proposerait pas davantage en se montrant moins exigeant ?...

— Je crains, en effet, que Jacques n'ait ni mérite personnel, ni talent acquis. Avec l'âpre désir de réussir, quand même, il a tâché de se créer un genre, et il a exploité les petits côtés malpropres de certaines âmes : le goût du faisandage littéraire et moral ou, tout simplement, le snobisme des imbéciles. Cet homme n'est ni un artiste, ni un poète, puisqu'il ignore l'amour du beau ! C'est un démarqueur habile qui, dans son labeur opiniâtre, méprise l'idéal pour ne songer qu'au côté pratique et commercial des choses.

— Et puis, dit Fiamette, a-t-il jamais indiqué un talent réel, aidé un écrivain ou un artiste de valeur à sortir de l'ombre ?...

— Non, pas si bête !... Il n'a jamais célébré que les nullités prétentieuses, les excentriques volontaires, dénués de tout avenir, qui ne pouvaient lui porter ombrage.

La jeune femme, consolée, eut un geste de gavroche.

— Nous en cassons du sucre !... Alors, c'est dit, tu vas frapper à d'autres portes ?...

— Non. Je me suis trompé sur le compte de Jacques, mais l'étude du personnage et du milieu spécial dans lequel il évolue m'intéresse en ce moment... Pour réussir ailleurs, il faudrait faire des démarches, peut-être humiliantes, attendre longuement dans les antichambres des seigneurs de marque ou de contre-marque, s'exposer à des rebuffades... Je n'ai point l'échine assez souple pour me courber jusque-là.

— Alors, au moins, promets-moi de revenir, chaque soir. Tu ne peux pas me quitter ainsi... Tu ne sais donc pas ce qu'on me propose ?

André eut un tremblement des mains, la crispation brusque de celui qui voudrait nouer ses doigts à la gorge d'un ennemi.

— Si, je sais, fit-il, très bas. Tu es libre, Fiamette...

— Comme tu me dis cela ?

— La fortune s'offre, sans doute, pour toi, il ne faut point la laisser s'éloigner... Tu m'as fait un sacrifice qui a duré assez longtemps... Songe, ma jolie Miette, que la vieillesse est dure pour les femmes, et que tu ne resteras pas toujours cette corolle d'amour que tu es aujourd'hui !

Fiamette fit la moue, se pelotonna sur les genoux de son amant.

— Ceci me regarde, et s'il me plaît de finir mes jours dans une loge de concierge ou dans un grenier d'étudiant !... je suis libre, je pense ?...

André s'oublia à respirer la mousse voluptueuse des cheveux follets de sa maîtresse, derrière l'oreille, à une place qu'elle avait particulièrement sensible. Elle défit l'écheveau soyeux, l'enroula au cou du jeune homme comme un serpent d'or.

— Te voilà prisonnier !

Et les visages des amants, ainsi réunis, devaient ressembler à ceux des héros de Longus, dans leur fleur de désir et de jeunesse. Mais André repoussa son amie, les sourcils soudain froncés par une inquiétude.

— As-tu examiné mon habit ?

— Ton habit ?...

— Il avait une petite déchirure sous le bras, à l'endroit rongé par les mites, je suis sûr qu'elle s'est agrandie !... Si encore tu savais faire une reprise perdue...

— Je demanderai une leçon à la concierge... Es-tu donc convié chez une Altesse !...

— Peut-être...

L'habit que Fiamette présentait, de face et de dos, était moins endommagé qu'on n'aurait pu le croire, après une nuit de Carnaval. Il se silhouettait presque élégamment sur les tentures mikado de la pièce. André se rasséréna.

— Un chic tailleur qui m'a fait ça ?

— Voyons, confie-moi ce grand secret. Quelle est la

conquête que tu vises ?...

— Oh ! tu n'as point à être jalouse, je vais à une *soirée d'hommes*.

— Comme tu vas t'ennuyer, mon pauvre chéri !

— Plus encore que tu ne penses ! Une séance d'âpre débinage pour les absents et de flatteries poisseuses pour les assistants.

— Pourquoi y vas-tu ?

— J'accompagne Jacques.

Le fin visage de Fiamette prit une expression méchante.

— Ah ? j'aimerais mieux encore te voir passer la soirée chez des femmes !

# VI

### Ancien et Nouveau Jeu

— Vous n'avez donc pas pris de fiacre, mon jeune ami ? Vos souliers sont crottés,... et ce nœud de cravate !...

Jacques ne semble pas enchanté de la toilette du nouveau disciple. Il tient à verser sur son mouchoir quelques gouttes d'un parfum agressif, et glisse, avec précaution, à sa boutonnière, une orchidée glauque au calice tigré de noir. Puis, pour mieux contempler son œuvre, il s'éloigne de quelques pas.

— C'est déjà mieux… Vous aimez les fleurs ?…

— Oui, beaucoup… Mais, toutes les fleurs, tandis que vous me semblez avoir une prédilection pour les espèces hybrides et vénéneuses…

— Quoi, pas la moindre bague, et des ongles coupés ras ! D'où sortez-vous donc ? mais c'est horrible !

— Je préfère ne point porter de bagues ; quant à mes ongles, je les laisserai pousser, si vous le désirez, bien que cela ne soit pas d'une grande utilité, il me semble ?…

— C'est capital ! Un homme, pas plus qu'une femme, ne doit négliger aucun moyen de séduction. Sachez, aussi, que lorsque je permets à un nouveau venu de m'accompagner chez mes amis, je tiens à ce qu'il me fasse honneur de toutes les façons.

Jacques avait parfumé et calamistré ses cheveux fins ; un peu de rouge animait ses joues ; l'on eût juré qu'un trait de kohl allongeait ses paupières, les soulignant, donnant à son regard fuyant une enveloppante douceur.

André préféra ne pas approfondir le maquillage du Maître.

— Voulez-vous que je descende pour arrêter une voiture ? demanda-t-il d'un ton un peu sec qui lui valut un acquiescement plein de mansuétude, car Jacques estimait peu ceux qui lui parlaient avec timidité.

L'adresse jetée, avenue de Messine, le Maître s'installa dans le fiacre, releva soigneusement les glaces, ses bronches ne supportant pas le froid, et dit de cette voix chantante qui lui était habituelle :

— Mon ami Paul Defeuille, dont vous allez faire la connaissance, nous convie parfois à dîner, comme ce soir. C'est un homme de grande valeur et de manières raffinées. J'espère que vous reconnaîtrez la faveur qu'il vous fait, car sa porte ne s'ouvre qu'à bon escient et ses invitations sont fort rares. À ces petites fêtes, d'un caractère très particulier, les conversations roulent sur tous les sujets avec une liberté entière, comme il est d'usage dans les réunions dont les femmes sont exclues... Ces pécores prétentieuses parlent de tout, sans rien connaître, admirent et débinent avec une bouffonne assurance et une naïveté sans pareilles !

— Décidément, vous les détestez bien !

— Mon Dieu, non, je les méprise, seulement... Je vois avec peine que vous suivez encore les anciens errements, et je crains vraiment que vous ne fassiez triste figure, ce soir...

— Pourquoi ?...

— Dame, votre candeur subira quelques assauts...

Jacques avait un pli ironique au coin des lèvres qui déplut au jeune homme.

— Je crois avoir peu de choses à apprendre...

— Allons, tant mieux.

La voiture s'arrêta devant une maison de belle apparence, et Jacques, s'appuyant au bras de son nouvel ami, monta un étage, pénétra dans une antichambre tendue de tapisseries anciennes et ornée de glaces de Venise aux encadrements précieux. Avec soin, il répara le léger désordre que le trajet avait amené dans sa toilette, redressa les pétales de l'orchidée qui ornait son habit, et, avec une houpette dissimulée dans son mouchoir, ennuagea ses traits.

Dans le salon, aux vastes divans semés de roses effeuillées, sous les tulipes irisées du lustre, une dizaine d'hommes causaient nonchalamment dans des poses que des demi-mondaines, expertes en l'art de plaire, n'eussent pas désavouées. Des gilets aux nuances chatoyantes serraient les tailles, des bagues aux chatons énormes couvraient les doigts, et des bouffées entêtantes d'extraits multiples se mêlaient au parfum des fleurs.

Le maître de la maison se leva avec empressement à l'entrée de Jacques Chozelle, lui donna l'accolade, et serra affectueusement les doigts d'André, qui pâlissait un peu, écœuré, mais résolu.

— Tête expressive, dit-il, après l'avoir examiné d'un œil connaisseur, avec cela de jolies dents et des cils... mais, regardez donc ces cils, ils frisent comme ceux des petites filles !... Vingt-trois ans, à peine, n'est-ce pas ?...

— Vingt-quatre.

— Bravo !... Messieurs, qu'en pensez-vous ?...

Il y eut un murmure flatteur. Jacques redressa ses moustaches.

— C'est mon élève.

— Où donc l'as-tu cueilli ?...

— Dans l'atelier de Pascal que déshonoraient des nudités de femmes.

— Pouah ! Ces artistes, vraiment, ne comprendront jamais le beau. Qu'y a-t-il de comparable aux formes de l'Antinoüs ou de l'Apollon du Vatican ? De la vigueur, de l'élégance, de la majesté, une harmonie parfaite des lignes... Tandis que le génie antique, même, n'a pas su idéaliser le ridicule des rondeurs féminines : des outres à reproduction et à allaitement.

— La femme n'est qu'un instrument aveugle, un organe imbécile destiné à remplir une fonction nécessaire...

— L'homme est l'expression de l'intelligence dans la force. Il est le Maître psychique et physiologique de la création. Il est l'Androgyne divin qui doit se suffire à lui-même.

André, décidé à ne plus s'étonner de rien, regardait avec une moqueuse curiosité ces faces barbues et moustachues s'épanouir dans l'adoration de leur *moi*, et il songeait à ces fakirs en perpétuelle extase devant leur sexe atrophié, paré de fleurs.

Un valet correct et grave annonça que le dîner était servi.

Par couples sympathiques, un bras nonchalant autour de la taille, les convives se rendirent dans la salle à manger, et prirent place autour de la table, jonchée de narcisses et de roses. Les verres de Bohême, délicats et nacrés, cabochés de gemmes, comme des bijoux de prix, n'étaient disposés que de deux en deux couverts, de sorte que les couples communiaient, tout le long du repas, en une même pensée d'élection.

André constata qu'il lui faudrait boire dans la coupe de Jacques, et son déplaisir se mêla d'une certaine inquiétude, lorsque lui fut versé le vin aux senteurs chaudes, couleur de soleil et de topaze, qui devait sceller leur bonne entente.

— Je bois, dit Chozelle, à notre union esthétique et à la réussite de nos légitimes ambitions !

Il pencha ses moustaches sur le fin cristal qui s'embua tristement, puis tendit la coupe à moitié vide à son ami.

Mais André, incapable de se vaincre, se contenta du geste, bien que le vin lui semblât appréciable.

Le dîner, délicatement ordonné et somptueusement servi, fut morose pour le jeune homme. Aucun abandon d'âme, aucune confiance affectueuse ne s'y remarquait. Chacun jouait un rôle, voulait témoigner son indépendance, sa supériorité intellectuelle, par des pensées et des actes inconnus du vulgaire — de la foule immonde. — Malheureusement, ces prétentions ne se réalisaient guère. Les idées désertaient ces cervelles amorphes, les conversations, en dépit du tarabiscotage des expressions, de la préciosité de l'allure, demeuraient d'une pénible banalité. Et, malgré tout, ces ennemis de la femme revenaient à la femme, invinciblement, en d'aigres remarques, de fielleux persiflages.

André songeait que ces injures, en la circonstance, constituaient un bien bel éloge.

Lorsque l'extra-dry pétilla dans les cervelles, en feux follets de gaietés blondes, le poète demanda l'autorisation de dire

quelques vers, et il plaça ce sonnet dédié à la femme, au milieu d'une évidente hostilité :

### Je chante les baisers !...

*Les baisers ont les tons des cieux, des lacs, des fleurs !*
*Les uns, de la couleur des automnales roses,*
*Pleurent sur le passé des êtres et des choses,*
*Pleurent les deuils lointains, les charmes, les douleurs.*

*D'autres, d'azur léger, d'autres, ensorceleurs,*
*Verveines aux cœurs d'or, fiévreusement décloses,*
*Chantent l'amour, la vie et les métamorphoses,*
*D'autres tendent, sournois, des pièges d'oiseleurs !...*

*Quelques-uns ont le ton discret des violettes ;*
*Ceux-ci, presque effacés, doux et frêles squelettes,*
*Me semblent un essaim de grands papillons gris.*

*Ceux-là, sur les tombeaux, brûlent comme des cierges.*
*Mais le roi des baisers, dont mon cœur est épris,*
*Est le baiser neigeux des âmes et des Vierges !*

— Peuh ! fit Jacques, vos vers ont douze pieds et la consonne d'appui ! Vous savez bien que nous avons changé tout cela. Carrément, nous faisons rimer *algues* avec *flammes* et *meurtre* avec *œuf*. Quant aux pieds, plus il y en a, mieux cela vaut. La pensée doit rester obscure, embrumée d'Au-delà, vous ne devez point vous comprendre vous-même, afin que chaque lecteur donne à vos strophes le sens qu'il préfère. Ainsi tout le monde est content.

— Les lecteurs, des mufles ! déclara Defeuille.

— Le public veut être épaté, voilà tout ! appuya un jeune homme verdâtre orné d'un monocle et d'un orgelet, l'un soutenant l'autre. Écoutez ce morceau sans égal...

Mais on n'écoutait plus, les conversations étaient devenues d'un tour fort intime. D'autres orfèvres, ciseleurs de mots et démolisseurs de rimes, purent lancer les petits cailloux de leur inspiration sans atteindre personne, et ce fut tout bénéfice pour l'art.

Le café, servi au salon, on reprit, appuyé l'un à l'autre, le chemin déjà parcouru. André, qui mourait de soif, vida trois tasses coup sur coup, et s'inonda de kummel, la communion n'étant point obligatoire dans les verres à liqueurs.

Defeuille s'empressait, baissant la lumière du lustre, tirant les rideaux et distribuant des orchidées fraîches, prises dans des corbeilles garnies de mousse.

Ces messieurs ne fumèrent pas. Il est de mauvais goût, avait déclaré Jacques, de fumer autre chose que du haschich ou des fleurs, et l'on désira rester sur le parfum des fraises mouillées d'éther.

Les voix se faisaient languides, les paroles chuchotées se fondaient, mystérieuses. Ces messieurs, réunis autour du Maître, ressemblaient aux adorateurs de quelque dieu maléfique, attendant le sacrifice.

En effet, des cassolettes furent allumées, et Defeuille invita ses amis à visiter les chambres fort bien aménagées de son appartement...

— Venez, dit Jacques, en poussant le coude d'André, qui sursauta.

— Je préfère fumer une cigarette dehors. On étouffe dans ces roses et cet encens !

Mais Jacques eut un sourire :

— J'allais vous le proposer…

# VII

## La Volupté esthétique

Dans la rue, les deux hommes se regardèrent.

— Vrai, il fait meilleur, ici ! déclara André.

Le Maître aspira l'air glacé d'une narine douloureuse.

— Peuh !… Ce que j'aime, voyez-vous, c'est le relent des faubourgs, l'odeur du vice et des fauves humains ! J'ai passé dans certains quartiers suburbains de Paris des heures exquises… Et quels beaux gars !… Defeuille est plein de bonne volonté, mais, en dehors du régal délicat de l'esprit, il y a peu de joie à glaner chez lui… La civilisation morbide a refréné ici les instincts de l'homme, et rien n'est plus triste que l'effort pour le plaisir...

— Alors, cher Maître, vous partez toujours avant la fin ?

— Presque toujours. Et puis, on me défend les veilles prolongées... J'ai trop demandé à mes nerfs dans ces dernières années ; je suis un détraqué, un neurasthénique... un éthéromane...

Jacques ne parlait pas sans orgueil de ses fatigues, et le mot « éthéromane » fleurissait à ses lèvres comme l'orchidée pustuleuse à sa boutonnière. Il ne remarquait nullement le ton ironique dont le disciple l'interrogeait, et André, comprenant qu'il n'avait point affaire à un psychologue bien subtil, dissimulait à peine.

— Je viendrai demain prendre vos conseils pour le travail dont vous m'avez parlé, cher Maître.

— Ah ! le travail ! il n'y a que cela de vraiment doux dans la vie !... Quand on a vaincu le Verbe farouche, on se sent la même lassitude délicieuse qu'après l'amour.

— Certes, déclara André en riant. Le cerveau, avant le labeur littéraire, est animé du même transport que le cœur avant la possession. Le désir de créer se manifeste dans toute sa véhémence... Mais c'est, à mon avis, la poésie qui procure les sensations les plus rares. Le sonnet, par exemple, me représente l'étreinte complète dans sa perfection mesurée et graduée. C'est, d'abord, la caresse moelleuse des huit premiers vers, dont la rime revient persistante comme le baiser initiateur, savant, pénétrant, tenace, magnétique... Puis, l'enlacement étroit des deux strophes plus brèves, plus nerveuses, d'une acuité profonde qui émeut sûrement, soulève tout l'être d'impatiente ardeur. Enfin, voici le dernier vers dont la rime jaillit comme un clou d'or et fixe irrésistiblement le poème adorable...

Jacques daigna approuver.

— Il faudra mettre cela dans mon roman. Notez, tout de suite...

— Oh ! inutile, je m'en souviendrai...

— Vous prendrez comme titre du premier chapitre : « *la Volupté esthétique* ».

— ?...

— Pour commencer, vous décrirez la scène de ce soir.

— Complètement ?

— Non, seulement ce que vous avez vu... Nous placerons cela dans un journal mondain.

— Oh !...

— Mon cher, en sachant s'y prendre, on fait accepter bien des choses... L'art de ne rien dire en disant tout est fort goûté des gens du monde. Et c'est aux passages les moins flatteurs pour elles que les petites femmes se pâment le plus... Voyez, elles m'adorent !...

— C'est vrai.

— Quel est l'écrivain féministe qui pourrait lutter avec moi ?... Quel est celui qui saurait, avec plus de maëstria, éveiller leur fibre perverse ?... Elles viennent à moi comme les snobs allaient chez Bruant, pour se faire injurier ! Et c'est cela qui donne une fière idée de leur bêtise !...

— Peut-être se vengeront-elles un jour ?...

Chozelle eut une moue ineffable.

— Je suis sûr de moi.

— Quand ce ne serait que pour éprouver des sensations nouvelles ?...

— La Faculté m'a affirmé que j'étais à l'abri des coups de tête...

André, qui n'avait sur les épaules qu'un mince pardessus d'automne, commençait à grelotter. Il songeait à l'intimité du lit tiède où Fiamette, blottie en rond comme une chatte frileuse, l'attendait. Et, déjà, il croyait sentir sur ses épaules la pression de ses bras souples, et, sur ses lèvres, la douceur de sa bouche menue et fondante, toujours prête au baiser. Il prit congé de Jacques, s'éloigna en fredonnant des vers que Lausanne, le chantre des caresses, venait de lui mettre en musique sur un air de danse :

*Valsez, amants que rien ne lasse,*
*Valsez, au rythme des baisers,*
*Valsez, amants inapaisés !...*
*La vie est un baiser qui passe !*

*Valsez, valsez, la vie est brève...*
*Mais que vous importe demain ?*
*Grisez-vous, la main dans la main,*
*Valsez, beaux amoureux du rêve !*

*Buvez, étroitement unis,*
*Le philtre des lèvres démentes...*
*Faites-vous, au cœur des amantes,*
*Amants, le plus soyeux des nids !*
*Aimez, amants que rien ne lasse,*
*Aimez, au rythme des baisers,*

*Aimez, amants inapaisés !...*
*La vie est un baiser qui passe !*

# VIII

## L'influence mauvaise

Fiamette, cette nuit-là, fut une amoureuse triste ; non pas qu'elle doutât d'André, mais il lui semblait que quelque chose avait sombré en son âme, que le poète naïf et tendre avait fait place au sceptique renseigné et pervers. Il éprouvait moins de plaisir à ses cajoleries douces, se montrait exigeant, irritable, presque cruel en ses caprices singuliers. Il ne lui suffisait plus de l'avoir toute, de la bercer dans ses bras comme une grande poupée blonde, d'écouter le cantique fervent de son adoration. Ses curiosités allaient au delà des caresses habituelles, il lui venait le maladif besoin de la faire souffrir pour la sentir mieux à soi. Le fauve frémissait dans l'ombre, l'exquis poète devenait un homme, et, moins, peut-être, un civilisé.

— André, dit-elle, tu ne m'aimes plus comme hier, et, demain, tu ne m'aimeras plus comme aujourd'hui.

— Tu te plains après ce que…

— Oh ! tu m'as fait mal… rien de plus.

En effet, il avait été brutal, sans amour réel, volontaire, compliqué, dédaigneux des habituelles ivresses. Elle retrouvait en lui la vanité méchante des premiers amants et leur besoin d'humilier la femme qui s'est donnée par des regards, des gestes, des expressions de physionomie, plus encore que par des paroles. De son côté — étrange revirement de l'esprit humain — André qui, tout à l'heure, avait follement convoité Fiamette, se disait que l'amour ardent, complet, durable est chose impossible, que les plus beaux jouets se cassent et se ternissent, que les plus brûlants désirs s'éteignent, aussitôt réalisés, qu'il n'y a rien dans rien !… Le levain de haine, qui fermente au cœur de tous les amants, se montrait confusément en lui. Il en voulait presque à sa maîtresse des joies qu'elle lui avait données dans une soumission trop complète. Et ce sentiment, commun à presque tous les hommes, ferait supposer que le grand mépris, qu'au fond ils ont d'eux-mêmes, retombe logiquement sur celles qui les aiment et les admirent.

Tant il est vrai que certaines femmes ne peuvent, dans la vie, compter que sur la constance de l'amant qui les paie, parce que, en pareil cas, le galant court après son argent.

Fiamette pleurait en silence, et le disciple, après avoir remué d'autres pensées mauvaises, s'endormit, le dos tourné à son bonheur.

Il fallut, le lendemain, songer au roman de Jacques : *La Volupté esthétique*, se plier au genre qu'il avait adopté, broyer de l'étrange à la portée des snobs.

Au bout d'une demi-heure, André faisait couramment du *Chozelle*, et s'attendrissait de nouveau devant les paupières lasses et les yeux douloureux de Fiamette :

— J'ai été méchant, Miette, pardonne-moi !

Elle l'embrassait gentiment.

— Pourquoi faut-il que je te chérisse davantage après tes injures ?... Les amoureuses ont donc perdu toute dignité !...

— Et la dignité du pardon, la comptes-tu pour rien ?... Dieu n'agit pas autrement avec les pécheurs !...

— Je ne veux plus que tu partes ?...

— L'ai-je jamais voulu ?...

— Dame, tu me disais cette nuit que le plaisir que je te donnais ne valait pas le travail que je te faisais perdre ! Que tout ce que vous offrez à l'amour, vous autres écrivains, est perdu pour la littérature !... Les germes fécondants vous remontent au cerveau et vous procréez sans le secours de la femme !...

André se mit à rire.

— Tous les grands auteurs ont été chastes, ma petite Fiamette ?

— Des imbéciles ou des fous !

— Et le succès ?...

— Le succès ?... Un mot ! Est-ce que Ninoche ou Nora la Comète n'en ont pas autant que vous tous ?... Et, moi-même, si je voulais !...

— Certes.

— Le succès va aux plus infimes, aux pitres et aux malins, il n'est insaisissable que pour ceux qui sont au-dessus de lui.

— Tu as raison, Miette.

André prit sa maîtresse contre lui, appuya son front sur son cœur, et, longtemps, savoura la joie d'être tout petit et frêle auprès de cette affection si grande.

# IX

## Un Article de Chozelle

— Voici, cher Maître, le chapitre demandé sur la « *Volupté esthétique* ».

Le disciple avait fait, au courant de la plume, le récit de ce qu'il avait vu chez Defeuille. Il était question principalement de l'amitié que deux hommes peuvent éprouver l'un pour l'autre. Cette amitié profonde devait se poursuivre au milieu des tracasseries de la lutte littéraire ; le roman, en somme, ne serait qu'une histoire passionnelle se déroulant dans la banalité de la vie parisienne. Mais, l'idée perverse s'attachant à tout, et l'imagination du lecteur évoquant les images lascives au moindre passage obscur, l'aventure pouvait se parer d'un certain charme équivoque.

Chozelle, séance tenante, biffa des mots, ajouta des adjectifs rares, embrouilla quelques phrases trop claires et envoya au copiste.

— Mon ami, dit-il, je suis satisfait de ce premier travail. Vous continuerez dans ce sens, en tâchant qu'on me reconnaisse bien dans le personnage principal. L'intrigue importe peu, tout doit être dans le détail... Douze mille lignes environ. L'éditeur attend. Mais, pour demain, il me faudra un article.

— Quel sujet ?...

— Oh ! mon Dieu ! le théâtre. Vous parlerez du ballet qu'on va donner aux *Folies-Perverses* — mon ballet — et vous glisserez quelques rosseries sur Ninoche.

— Ninoche ?...

— Elle m'a déplu à la soirée de Pascal.

— C'est une bonne fille.

— Je n'aime pas les bonnes filles... Vous direz qu'elle est grotesque en scène, et, qu'à son âge, la retraite s'impose...

Enfin, vous avez le choix des épithètes, pourvu qu'elles soient très *rosses*.

André se redressa.

— Non, quand même je penserais ce que vous dites de Ninoche, je ne le dirais pas.

— Pourquoi ?

— Parce que je n'attaque pas les femmes.

Jacques fronça le nez et les sourcils.

— Vous en êtes là ?... Une créature qui se donne à tous !

André ne put réprimer une exclamation moqueuse, que Chozelle ne comprit point ou ne voulut pas comprendre.

— Faites toujours l'article, dit-il, j'ajouterai ce qu'il me plaira.

— C'est votre droit, puisque vous signez. Pourtant, permettez-moi de vous dire, cher Maître, qu'il serait préférable d'exercer cette humeur batailleuse sur ceux qui peuvent se défendre... Vous avez des ennemis, j'en conviens, mais vous en comptez moins parmi les femmes que parmi les hommes. Adressez-vous à ces derniers.

— Les hommes se battent quelquefois, avoua Jacques naïvement.

— Eh bien ?...

— Je ne tiens pas à ce qu'on m'abîme la peau ! Et puis, en disant du mal d'une femme, j'ai toutes les autres pour moi... Elles sont si jalouses !... Est-ce que vous êtes toujours avec cette fille ?... Fiamette Silly, je crois ?...

André tressaillit, reprit sèchement :

— Ma maîtresse n'est pas une fille, et elle m'aime sincèrement.

— Soit, ne vous fâchez pas pour si peu... Tenez, mon ami, mettez-vous là et piochez cet article : La pantomime, les séductions de mes œuvres, le charme de Tigrane, danseuse-étoile, qui crée la Chauve-Souris dans mon ballet !... Vous y êtes ?...

— Je ne connais pas Tigrane.

— Cela n'a pas d'importance : Tête exsangue de noyée ou de prophétesse ivre d'éther, mouvements souples de couleuvre :

*Un serpent qui danse au bout d'un bâton.*

Elle a tous les envoûtements et tous les maléfices.

— Voilà donc une femme qui vous plaît ?

— Nullement, mais elle m'est utile... Le public incompréhensif ne se contenterait pas aujourd'hui de mimes choisis uniquement parmi les hommes... Il faut bien, quand on ne peut faire autrement, sacrifier au mauvais goût.

Tandis que l'élève travaillait docilement, Jacques, dans sa molle bergère, somnolait avec béatitude.

Les salamandres, sur les coussins, semblaient des joyaux d'ambre et de béryl, les couleuvres se blottissaient en quelque trou. Depuis le matin, la pluie frappait de ses mille petits doigts simiesques les carreaux embués. Une journée d'eau, plus triste que les journées de neige qui, au moins, revêtent tout d'une ouate délicate, couchent les êtres et les choses, comme des gemmes, dans des boîtes capitonnées de velours blanc. Les toits, au moindre rayon, se nacrent ; les gouttières se parent de pendeloques de cristal ; les branches secouent des houpettes emperlées. Par la pluie, au contraire, tout se fane, se décompose, accuse la sénilité des pierres et des arbres, et l'âme aussi perd ses vêtements de rêve, demeure nue devant la réalité.

— Avez-vous écrit ? demanda Jacques au disciple qui pâlissant dans le jour verdâtre, se penchait nerveusement sur son papier.

— Oui, vous voyez.

— Des étoffes, des pierreries, des fleurs !... Il faut que cela rutile, serpente, se torde, éclate en fusée éblouissante... J'aime à me rouler dans les pierreries et les parfums ! Je suis la dernière manifestation de notre civilisation délicieusement pourrie !... Ah ! les relents des bouges parisiens où grouille le vice !

André tendit l'article qu'il avait bâclé, selon la manière du Maître, facile à saisir avec un peu de métier et de souplesse, et Jacques Chozelle le parcourut, d'un œil sévère.

— J'ai mis à vous satisfaire ma verve la plus effarante, mon faisandage cérébral le plus compliqué...

— Ce n'est pas mal.

Chozelle saisit la plume, ratura de-ci, de-là, puis, entre deux douceurs à Tigrane, insinua un peu du verjus qu'il tenait en réserve pour le commun des mortelles : « Quant à Ninoche, la critique s'est trop longtemps occupée de ses chairs blettes...

Cette vieille guenon, aussi tenace que dénuée de talent, rebute la vue et les autres sens... N'y a-t-il pas pour ses pareilles des cabanons au Jardin des Plantes ?... »

Ce n'était pas drôle ; mais Jacques rit longuement de cette trouvaille dont le disciple dut louanger la véhémente saveur.

# X

## Théâtre à Femmes

Le lendemain soir, dans sa loge des *Folies-Perverses*, Ninoche confiait ses peines à son amant.

— Tu as lu cette ordure ?
— Non.
— Tiens !

Elle lui mettait la feuille sous le nez, et d'un ongle rageur, soulignait le passage injurieux.

— Peuh ! fit l'autre, cela n'a pas d'importance.

— Tu trouves ?

— On ne se fâche plus de ce qu'écrit Chozelle.

— Alors, tout lui est permis ?... Eh bien, je saurais me venger toute seule !

Ninoche, dans une danse serpentine, se montrait, ce soir-là, au Tout-Paris des premières. Debout devant une glace que des jets électriques baignaient largement, elle se drapait dans une immense étoffe floconneuse, la faisait onduler sur des bâtonnets, cambrait les reins, se penchait, fantomatique et souple. Ce n'était plus une femme, mais une corolle gigantesque, ondulant au moindre souffle, tournant et retroussant ses pétales nacrés. Puis, la fleur devenait papillon, avec des ailes de pourpre éclairées par deux yeux d'or, dans une poussière de diamants.

L'habilleuse, empressée, fixait aux épaules le voile flottant, remontait le maillot de soie, qui avait glissé sur les cuisses, maîtrisait avec peine l'impatience fébrile de la danseuse.

Dans la loge, tendue de liberty mauve, des corbeilles fleuries, aux anses légères cravatées de rubans et de dentelles, mettaient une agonisante haleine.

Jules Laroche, l'amant du jour, disparaissait sous une jonchée de violettes de Parme, saccagées par une main vengeresse : cela sentait la poudre, la femme et le sang des roses !

— Une belle salle, reprit Ninoche, en passant légèrement un pinceau enduit de kohl sur ses paupières et ses sourcils. Puis, avec une estompe, elle noya son regard d'une amoureuse langueur, insinua sur la cornée de l'œil un peu d'une poudre mystérieuse destinée à dilater la pupille, à lui communiquer une flamme étrange. La bouche saignait dans la face naturellement pâle ; elle en corrigea le dessin trop sec, arrondit la lèvre inférieure, fleurit la supérieure en cœur de pourpre, et se toucha également les narines.

Le fard, dont elle se servait, répandait un violent parfum de tubéreuse ; chacun de ses mouvements dégageait des effluences plus vives.

— Et tu sais pourquoi Chozelle m'en veut ? demanda Ninoche qui poursuivait son idée.

— Non.

— Parce que j'ai déclaré, à la soirée de Pascal, que tout était en toc chez lui : l'esprit et le reste. Du chiqué dont les femmes du monde mêmes n'attendent plus rien !

Jules Laroche haussa les épaules.

— Dans le métier que tu fais, on ne devrait attaquer personne.

— Pourquoi donc ?... Dans « le métier que je fais » on sait aussi se faire respecter, tu le verras tout à l'heure.

Ninoche, les narines frémissantes, cambrait son buste harmonieux, et, d'un geste farouche, rejetait les boucles courtes et épaisses de ses cheveux qui lui donnaient un peu l'air d'une sauvageonne.

— En scène pour le n° 12 ! cria le régisseur, tandis qu'une dizaine d'acrobates passaient en soufflant, les bras et le visage inondés de sueur, les muscles saillants sous le maillot rose. Tigrane, qui commençait la seconde partie, traînait dans la poussière des corridors une longue douillette de zibeline, et fredonnait d'une voie grêle.

— La Chauve-Souris ! chuchota la mime avec un geste de gavroche. Oust ! laissez-moi filer, on m'attraperait encore !

Dans la salle, on arrivait pour voir le ballet de Chozelle, qu'on disait délicieusement monté, avec un tas de petites femmes. Les loges resplendissaient, occupées par les étoiles de première et de deuxième grandeur de la galanterie. Ce n'étaient qu'ondoiements de perles, ruissellements de joyaux, si pressés qu'ils semblaient, de loin, emprisonner les bustes dans des carapaces de tortues prestigieuses. Les chairs offraient des tons lactés, les chevelures, savamment calamistrées, faisaient aux faces fiévreuses des auréoles d'or, de jaïet ou de cuivre. Comme il sied à des princesses de joie, les rires sonnaient impertinents, aigus ou rauques, selon l'âge ou la fatigue, — les débuts ayant été souvent pénibles et rebutants.

Et, ce qui frappait, tout d'abord, devant l'étalage de peaux et d'oripeaux, c'était la ressemblance qu'avaient entre elles toutes ces poupées peintes qui paraissaient sortir d'une grande fabrique de Nuremberg, — jouets pour vieux enfants vaniteux et naïfs.

Toutes montraient leurs dents de la même façon, dans une gaieté fébrile et factice, se faisaient onduler chez le même artiste capillaire, portaient des corsets pareils qui leur occasionnaient une petite douleur au creux de l'estomac. « Le corset et l'amour ! Ah ! ma chère ! » Deux corvées dont elles se seraient bien dispensées !... Mais il faut vivre, n'est-ce pas ?...

Aux courses, aux premières des théâtres à femmes, à Trouville, à Dieppe, aux tables de baccara et de roulette, se pressent les poupées fragiles, tintinnabulantes et creuses, avec un louis sonnant la chamade sous l'armature du corsage.

L'homme exhibe sa maîtresse, comme il exhibe ses attelages et ses chevaux de course ; il n'est point jaloux, et, parfois même, se dispense d'un hommage plus direct. Pour ce soin, il y a le premier cocher, s'il est joli garçon, le maître d'hôtel, les artistes de passage, le lutteur ou le second ténor. Il est convenu que l'amant qui paie n'est jamais aimé ; mais, le plus souvent, il n'y tient pas.

Derrière les loges tristement bruyantes des soupeuses en renom, passaient les filles plus humbles, en quête d'une étreinte rapide, d'une fantaisie fatigante, mais sans lendemain. Celles-ci, les joues plissées, exsangues ou marbrées de rose, se paraient de robes voyantes, souvent défraîchies, et leurs cheveux, mal rattachés, révélaient de fréquentes stations dans les garnis hospitaliers des environs. Elles gardaient un air ennuyé, indifférent, ne s'approchaient que des hommes assis, sollicitaient un punch ou une menthe à l'eau qui leur tournait sur le cœur. Beaucoup n'avaient point dîné et redoutaient de ne pas souper. Sur le flot des liquides absorbés, il leur restait alors la ressource de mettre une vague charcuterie, tenue en réserve pour les soirs de chômage.

Les jeunes gens s'amusaient à les faire jaser, et, lorsqu'elles étaient deux, les invitaient ensemble, friands de leur intimité. C'étaient de gentils ménages où tout était en commun, les bonnes et les mauvaises aubaines, les baisers et les coups.

Certaines affichaient des airs masculins, portaient la cravate

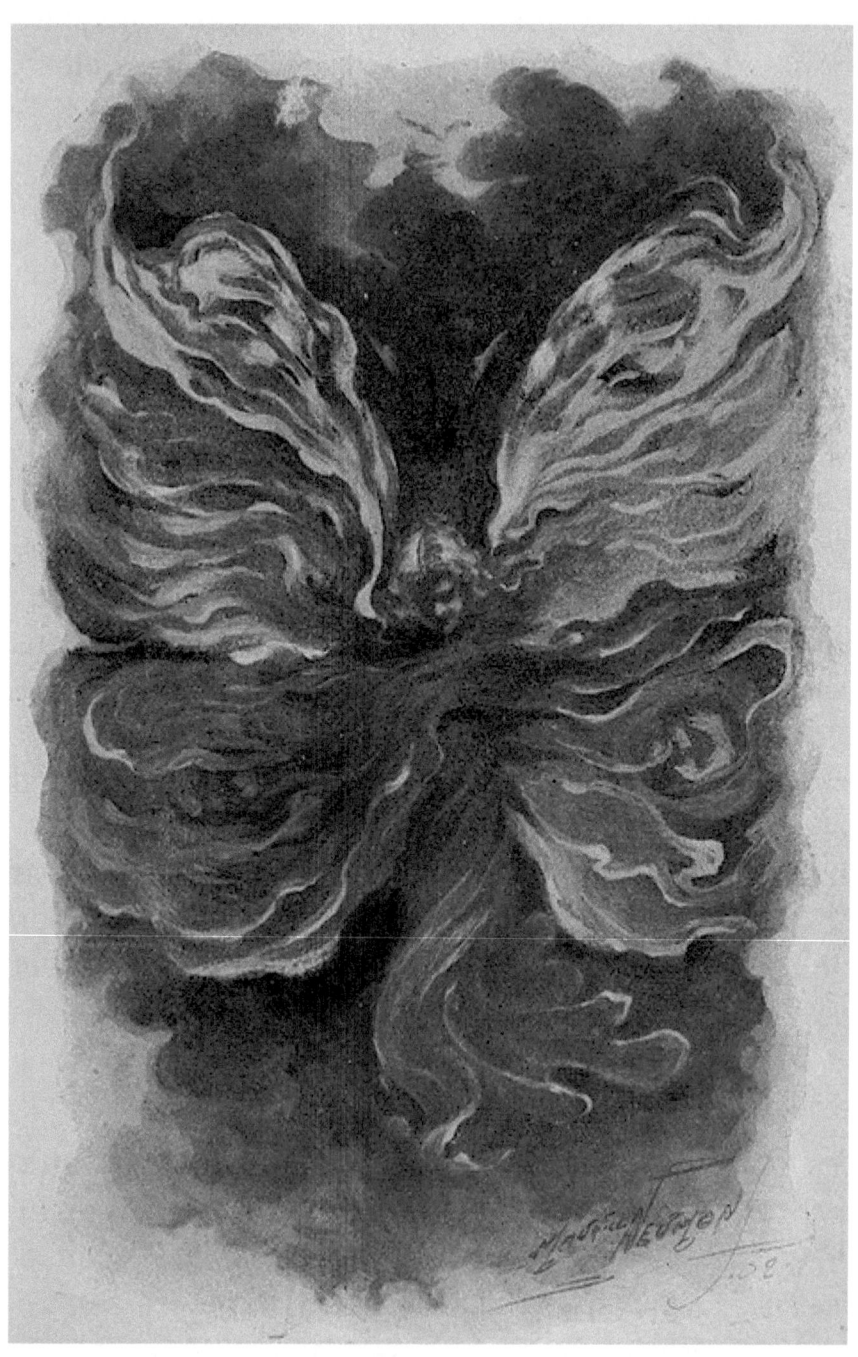

d'homme et les cheveux courts sous un feutre frondeur. Leur amie, plus petite, mince et alanguie, s'appuyait à leur bras, leur parlait d'une voix caresseuse, se frôlait à leur jupe. Et cette bonne entente, plus simulée que réelle, aguichait les curiosités, éveillait les désirs des chasseurs de sensations rares.

Des matrones isolées, laborieusement rechampies, un ciment de cold-cream, de blanc de céruse et de poudre dans les rides de leur peau, balançaient des panaches d'autruche et des croupes puissantes. On les voyait sortir avec des béjaunes, échappés de quelque collège, et désireux de concilier leur appétit vorace avec l'exiguïté de leurs ressources.

Dans la première salle, où se vidaient les bocks et les querelles lascives, où circulait plus à l'aise le bétail de volupté, un orchestre de dames viennoises, ceinturées de bleu sur des robes de mousselines blanches, sévissait mélancoliquement.

Un peu en retard, arriva André Flavien avec sa maîtresse. Nora la Comète attendait ses amis dans une loge du rez-de-chaussée, et, soit malice, soit légèreté inconsciente, elle avait prié Francis Lombard de l'accompagner, sans le prévenir du voisinage dangereux qu'il aurait à subir.

Fiamette, avec ses yeux de fleur de lin, ses cheveux tendrement cendrés, fit sensation à son entrée dans la loge. Son fin visage contrastait, par un charme tout personnel, une idéale expression d'intelligence et de douceur, avec les faces poupines ou bestiales des filles en renom. Pas un défaut ne contrariait la joie du regard dans l'harmonie de ses épaules, de ses bras ; et de tout son corps charmant, blanc et velouté comme une corolle de magnolia, s'exhalait le parfum de jeunesse.

Francis Lombard, en apercevant André, eut un tressaillement, se leva pour sortir, mais Nora, impérieusement, le retint.

— Mon ami Francis Lombard, dit-elle avec son sourire félin, avait, mon cher André, le plus vif désir de vous connaître. J'espère que, tous les trois, vous voudrez bien me tenir compagnie ?...

— Ah ! murmura Fiamette, depuis qu'il travaille pour Chozelle, André me quitte à tout moment, et je crains bien qu'il ne me soit pas plus fidèle que les autres soirs.

— Chozelle ? une mauvaise connaissance ! fit Nora, mais André est trop psychologue pour se laisser prendre aux pipeaux de ce bel oiseleur !

# XI

La Danse lumineuse

L'obscurité s'était faite dans la salle ; du haut du balcon trois yeux électriques s'allumèrent fantastiquement. Le rideau de velours s'écarta lentement, et Ninoche surgit des ténèbres comme un fantôme lumineux. De tous les coins de la scène apparurent, en même temps, d'autres Ninoches qui, reflétées à l'infini par un jeu de glaces, donnèrent l'impression d'un ballet de nonnes ressuscitées pour quelque danse macabre. Vivement ou mollement, la mime agitait, sous l'étoffe, les longs bâtonnets, qui, par leurs mouvements vifs et précis, donnaient à la femme mystérieuse l'apparence d'une fleur au calice renversé, d'un parachute, d'un météore, d'un tourbillon d'écume. À tout petits pas, elle se déplaçait, virevoltait, tandis que le tissu léger s'enflait, se déployait en spirales fumeuses, puis retombait comme une neige nonchalante ou une flamme qui s'éteint. C'étaient, aussi, des surprises pyrotechniques : des girandoles d'argent, des roses tournantes, des anneaux de Vulcain, des gloires diamantées, des éventails pyriques, des étoiles de Vénus, des éruptions de fleurs, des miroirs de Diane, des mosaïques rutilantes et des soleils à rosaces d'or !

Des feux montaient comme des chandelles romaines, des lys d'argent éclataient en fusées légères, et, sur les étoffes, ruisselaient des cascades de pierreries... La femme disparaissait ; ce n'était que dans une vision fugitive que souriait sa bouche en cœur de pourpre, que la brûlure de ses yeux perçait le brasier électrique où elle évoluait.

Les spectateurs, cependant, restaient figés, habitués à ce spectacle qui, depuis quelques années, tenait la scène. Quand le rideau retomba en plis lourds, on applaudit du bout des doigts l'adresse de la danseuse et l'harmonie de ses attitudes.

Puis, des rires coururent, au souvenir de l'article du matin, de l'ironie terrible de ses épithètes.

Ninoche reparut en scarabée d'émeraude avec des antennes d'or. Elle caressa une corolle imaginaire, s'endormit dans la fleur, puis se mua en papillon de pourpre, en libellule d'acier, en phalène fantastique. Après avoir battu des ailes sur les tentures noires, elle parcourut la scène dans l'ivresse d'une épouvante croissante et disparut dans les frises.

Enfin, dernière métamorphose, elle revint dans une tunique blanche, pieds et poings liés, se livrer au bûcher. Admirablement simulé, l'incendie s'alluma dans une fumée épaisse. Des langues bleuâtres frôlèrent les genoux, les flancs, la poitrine, la face de la martyre. Échevelées, les flammes coururent sur ses épaules, lui firent une auréole de gloire, et, en chimères, en dragons courroucés, se dressèrent jusqu'au ciel. Ninoche, la face douloureuse, se tordait sous les morsures, et ses mouvements fébriles activaient la fureur des monstres.

Des lambeaux de pourpre flottèrent encore, comme un immense manteau royal, semblèrent pleurer des lys de sang. Puis, les dents avides de nouvelles flammes vertes et bleues achevèrent de déchirer le voile auguste. La femme, de tout son corps crispé, repoussait la mort, bondissait sur place, et, la bouche ouverte, comme pour lancer une dernière clameur, elle avait une expression de souffrance tragique, presque surhumaine.

Une gerbe plus haute monta dans une furie éblouissante, plana un moment, enveloppa dans son tourbillon les chairs de volupté, puis l'incendie diminua, vaincu par sa puissance même. Comme une loque déchiquetée le corps de la mime s'affaissa, et les ténèbres se firent.

# XII

## La Chauve-Souris

Jacques Chozelle, qui s'était installé dans une avant-scène avec Defeuille et quelques fervents, se leva à la chute du rideau et gagna les coulisses.

Sur son passage, les femmes souriaient avec des mines indulgentes, tandis que, boudeur, il détournait les yeux. Dans les corridors, une dizaine de marcheuses l'entourèrent, et, comme il les repoussait assez brutalement, lui firent cortège. Les petits rats aux bras grêles, aux maillots rembourrés, offraient la nudité gracile de leur torse dans un déshabillé savant. Leur corsage, ouvert jusqu'à la ceinture, remontait juste assez pour emprisonner, comme en des mains, les seins aux bouts délicats. Les dos accusaient librement leur sillon

voluptueux, et la mousse des aisselles embrumait l'or des corselets, fendus comme des élytres de coccinelles.

Vues de près, les formes paraissaient vulgaires, dépourvues de cette harmonie que leur donnent le prestige de la rampe et le mouvement. Les yeux, trop charbonnés, affadissaient les perruques blondes, les pieds gonflés se tassaient péniblement dans les chaussons clairs.

— Tigrane est prête ? demanda Jacques aux petites.

— Tu peux frapper, son vieux n'y est pas.

— Et puis, quand même il y serait, reprit une futée de quatorze ans, on n'est pas jaloux de Monsieur !

— Le vieux de Tigrane et M. Chozelle !... Oh ! là ! là ! ce qu'elle doit dormir tranquille dans sa grotte, la Chauve-Souris !

— Monsieur n'a pas peur qu'on le viole ?...

— C'est dangereux d'errer dans les coulisses !...

— Un baiser, mon beau blond ?...

— Je vous ferai mettre à l'amende, cria Jacques, qui avait à se défendre contre vingt mains audacieuses et des lèvres moqueusement tendues.

— Quoi ! pour un bécot ?

— Tu n'en mourras pas !...

Mais la porte de Tigrane s'ouvrit, et la jeune femme, en riant, fit entrer l'auteur, un peu chiffonné.

— Bigre ! dit-il, tu as sorti tes gemmes !

— Oui, j'ai égayé ce costume sinistre.

Tigrane était charmante dans son maillot gris et son corselet de velours sombre. De longues ailes de gaze arachnéenne s'attachaient à ses poignets et à ses chevilles par des fibules d'aigues-marines, de sorte que, lorsqu'elle écartait les bras, et glissait mollement, elle avait l'air de voler sur de mystérieuses corolles.

Langoureuse, elle se pencha, voulut aussi l'embrasser, soit gaminerie, soit curiosité ; mais il lui tourna le dos pour examiner une peinture de Pascal, nouvellement accrochée sous des flots de soies japonaises.

— Tiens, ton costume de ce soir... et tu prends des mouches d'or !

— Un portrait symbolique... Moi, vois-tu, je veux bien attraper les mouches, mais il faut qu'elles soient en or.

— Tu as raison, et si j'étais femme, je ferais de même.

— Femme ? ne l'es-tu pas un peu ?

Jacques, d'un geste conquérant, se passa la main dans les cheveux.

— À propos, reprit Tigrane, méfie-toi de Ninoche ; elle n'a pas digéré ton article de ce matin.

— Est-ce que son amant est avec elle ?...

— Quand je suis arrivée, ils étaient ensemble.

— Ah ! fit Jacques rêveur, et il sortit au bout d'un moment pour aller chercher André Flavien.

# XIII

## La Vengeance

André, dans la loge de Nora, écoutait d'une oreille indifférente les saillies de la danseuse. Il déplorait de plus en plus l'article du matin et la méchanceté de Chozelle.

Ninoche n'avait point créé la danse lumineuse, mais elle s'y montrait novatrice à sa manière par une grande intelligence des attitudes. Aux *Folies-Perverses*, où ne s'exhibaient guère que des femmes galantes ivres de réclame, elle apportait un réel sentiment d'art, une rare conscience des moyens et des effets.

Un écrivain, quel qu'il soit, ne doit jamais occuper le lecteur de ses griefs personnels. Ses jugements ne sont valables que s'ils sont dépouillés de tout parti pris. Or, Chozelle punissait la pauvrette de quelques paroles imprudentes, la châtiait vilainement d'une innocente raillerie, alors qu'il filait doux devant les attaques directes de ses confrères. Mais Ninoche était désarmée, — car l'amant d'une femme de théâtre prend rarement sa défense, — et Chozelle, sûr de l'impunité, avait beau jeu.

André se faisait ces réflexions et d'autres encore qui lui montraient le « Maître » sous un jour fort défavorable. Jamais ce dernier n'avait profité de sa notoriété pour lancer un talent remarquable. Ses louanges allaient à des pitres vite essoufflés, à des faiseurs de tours, qui, n'ayant que quelques numéros sans intérêt dans leur sac, ne pouvaient pas même bénéficier de sa condescendance.

D'ailleurs, Jacques vendait cher ses adjectifs, et il fallait montrer patte blanche et billets soyeux pour en décrocher quelques-uns.

« Il y a dans la rosserie et le mensonge une jouissance toute particulière, avait-il dit au disciple. Je tiens rarement mes promesses et jamais mes serments, car je trouve à l'indignation des honnêtes imbéciles un ragoût de haute saveur que je préfère à la reconnaissance. »

Fiamette, deux fois déjà, avait senti sur son épaule la caresse frôleuse de Francis Lombard ; Nora, avec son apparente légèreté, causait de tout et de rien, et sa fantaisie effleurait vingt sujets, preste comme un oiseau qui vole de branche en branche. Pourtant, ses paupières étaient plus meurtries que d'habitude, et ses longues mains fines, couvertes de bagues, se posaient parfois, brûlantes, sur celles de son amie.

— Chozelle vous fait signe, dit-elle à André qui n'avait pas desserré les lèvres.

— Je t'en prie, reste avec nous, implora Fiamette.

Mais André, déjà, quittait la loge et se perdait dans le flot des cigales d'amour qui ondulait d'un couloir à l'autre, menaçant de tout submerger.

— Tu es jalouse ? demanda Nora, en riant, à la jeune femme.

— Oui, je suis jalouse, et je ne veux pas qu'on me prenne mon bien !

— Oh ! on te le rendra sans grand dommage... Que dites-vous, mon cher, de cet amour à toute épreuve ?...

— Je dis que je donnerais beaucoup pour être aimé ainsi ! murmura Francis Lombard, avec un soupir. Que faut-il faire pour mériter un pareil bonheur ?...

— Rien, dit Fiamette sèchement. Je ne suis ni à prendre ni à vendre.

La toile se releva pour la première partie du ballet, et Chozelle, accompagné d'André Flavien, rentra dans sa loge.

Tigrane, la Chauve-Souris, blottie dans un coin de la scène, régnait sur sa cour de mouches bourdonnantes. Et c'était un enchantement des yeux que la farandole des insectes d'or, aux longues ailes diaprées. Les libellules cambraient des corselets de saphirs à reflets lunaires, sur des maillots noirs ; les coccinelles, sous leurs élytres, avaient des camails cabochés de corail ; les abeilles pelucheuses, les guêpes rayées d'orange, les scarabées aux carapaces de béryls et de péridots, défilaient dans un bruissement de perles et d'ailes métalliques. La Chauve-Souris somnolait, heureuse, attendant la nuit pour capturer les insectes imprudents. Elle dormait, cruelle et lascive, rêvant de meurtres et de baisers. Elle dormait, pareille à l'orchidée morbide, à la fleur succube, la courtisane éternelle dont meurent les êtres et les plantes.

Chozelle, dans ce luxueux ballet, aurait pu mettre un peu de symbolisme et de psychologie, avec la glorification de la femme cruelle et perverse, créée par Dieu pour le châtiment des crimes d'amour. Une poésie délicate, une pensée artiste auraient pu soutenir ce sujet trop souvent défloré. Mais Chozelle n'avait pas de visées si hautes. Attiré toujours par la laideur bizarre, il avait mis une chauve-souris à la scène, et un chat-huant apparaissait pour vaincre l'enchanteresse. À son tour la pauvrette s'amendait, suppliait, vaincue par le charme de l'oiseau de proie. Il y avait, au clair de la lune, des chevauchées de lamies et d'empuses, des combats de gnomes hideux, puis, une bonne fée apparaissait, et, comme dans tous les contes pour les petits enfants, rendait aux amoureux leur forme primitive.

Le prince épousait la princesse.

Telle était cette œuvre banale qu'un directeur de théâtre s'était empressé de monter ; car, dès qu'un poète montre un réel mérite, dès qu'un auteur sort des sentiers battus par quelque manifestation vraiment littéraire, il épouvante le commerçant routinier, l'épicier déloyal qui ne veut servir à ses clients que l'habituelle cassonade et les conserves avariées des vieux faiseurs. Chozelle se délectait aux éructations flatteuses de ses fervents, se trouvait une prestigieuse originalité, parce qu'il avait osé mettre à la scène une chauve-souris et un chat-huant !

Deux personnages venaient d'entrer dans la loge, blêmes d'une admiration qu'ils exprimaient en petites phrases hachées, comme par un hoquet d'extase : « Vraiment, c'est une trouvaille ! » « Tigrane a saisi tout le charme envoûteur de l'écrivain ! » « Quelle habileté de touche ! » « Admirable ! Suggestif ! Enveloppant ! Effarant ! »

André examina le couple qui, par un je ne sais quoi d'inusité, retenait l'attention. L'homme grand, un peu bouffi, les chairs molles et la peau blafarde, pouvait passer pour un assez joli garçon ; la femme, grande aussi, osseuse, verdâtre et les traits tirés, avait des yeux trop brillants, un air de fièvre et une grande bouche tirée par des tics nerveux. Ses cheveux, très abondants, étaient arrangés avec art. Sa taille mince donnait à son buste plat aux larges épaules une certaine élégance androgyne. Sa toilette blanche, voilée de guipures, était d'un goût parfait. André s'étonna de l'entendre parler d'une voix rauque, comme déchirée, par moments, de notes plus aiguës.

L'orchestre faisant rage pour le pas des lamies et des empuses, Jacques se pencha à l'oreille d'André et lui glissa :

— Ce sont deux hommes !

— Pas possible !

— On ne le dirait jamais, n'est-ce pas ?... Depuis trois ans, ils ne se quittent pas, et la police ferme les yeux. D'ailleurs, le secret est bien gardé.

André écœuré avait envie de fuir, mais il sut vaincre sa répugnance, étudia le couple qui s'offrait si ingénument à son observation.

Après le premier tableau, un incident singulier vint bouleverser la salle.

Ninoche, bousculant les ouvreuses, entra dans la loge, et, avant qu'on ait pu l'en empêcher, se jeta sur le « Maître » et lui enfonça son chapeau jusqu'au menton ; puis tapant sur le huit-reflets ainsi que sur un tambour de basque :

— Voilà pour l'article... Et recommence, si tu veux !

Ce fut une fusée de rires, un feu d'artifice de quolibets, de sifflets, d'applaudissements, de trépignements frénétiques.

Jacques, muet d'abord de surprise et de saisissement, s'était dressé, tâchant de dégager son visage. Il y parvint, après des efforts bizarres qui mirent le comble à la joie du public. Ses lèvres tremblaient, ses yeux s'embuaient de terreur. Les fervents avaient déserté la loge, redoutant le ridicule, et André retenait à grand'peine le rire qui hoquetait sur ses lèvres.

— Cette fille ! cette fille !... murmura Chozelle, qui put enfin parler.

Puis il prit la main du jeune homme :

— Vous êtes un ami, André ?... Je puis compter sur vous, n'est-ce pas ?... André, d'une voix entrecoupée, affirma qu'il était tout dévoué au Maître.

— Faire un second article, il n'y faut pas songer... Cette furie recommencerait... Mais elle a un amant...

— Eh bien ?...

— Il faut demander à cet homme raison de l'offense. Le scandale a été trop grand.

— Vous voulez que j'aille provoquer pour vous l'amant de Ninoche ?...

— Oui...

— Et vous irez sur le terrain ?...

Mais Jacques eut un doux sourire.

— Du tout, mon ami, c'est vous qui vous battrez.

# XIV

## Ce qui arrange tout

André, trouvant l'idée drôle, ne répliqua pas.

Jacques lui caressa doucement les doigts, et reprit :

— Vous êtes mon élève, l'élu de mon cœur, n'est-il point naturel que vous preniez ma défense ?... Allez, et sachez vous battre en beauté.

Ninoche, dans sa loge, avait une crise de nerfs, et deux coccinelles, au corselet de corail rose, lui tamponnaient le visage avec des serviettes imbibées d'essences. Dans leur hâte, les petites avaient renversé la cuvette emplie d'eau savonneuse, et pataugeaient dans une mare.

André, évitant les débris de porcelaine, s'informa de l'amant de la danseuse. Mais Jules Desroches avait fui. En revenant sur ses pas, le jeune homme rencontra le couple androgyne qui, fort entouré par des amis de Chozelle,

commentait l'incident.

On l'arrêta ; on lui demanda, avec un intérêt feint, de nouveaux détails. Qu'avait dit le Maître après la fâcheuse aventure ?... Certes, c'était regrettable ; pourtant, l'article était bien méchant, et l'on blâmait Jacques de se mettre dans d'aussi ridicules postures...

André répliqua qu'il avait l'intention de se battre pour venger l'offense.

Mais on le supplia de n'en rien faire. Il n'y avait pas d'offense ; les excentricités d'une Ninoche ne sauraient compter, un duel donnerait un nouveau retentissement à cette histoire...

— Non, dit Defeuille, je ferai passer quelques échos dans les journaux mondains, et l'on apprendra tout simplement que cette fille était ivre. Qu'en pensez-vous ?...

On approuva cette idée ingénieuse, et André fort écœuré s'éloigna.

Francis Lombard, dans la loge de Nora, s'était rapproché de Fiamette, tandis que la danseuse, nonchalamment appuyée au dossier de sa chaise, les yeux mi-clos, la pensée absente, s'abandonnait au mystérieux mal qui chaque jour l'affaiblissait davantage.

— Votre amant ne vous aime guère, murmura Francis, en effleurant de ses lèvres les cheveux blonds de Fiamette... Je sais bien, moi, que je ne vous quitterais pas !

— André me quitte parce qu'il ne peut faire autrement : il est le secrétaire de Chozelle.

— Vraiment, vous en êtes là !... Votre ami ne peut-il donc travailler sans le secours des autres ?... Je lui croyais du talent…

Fiamette rougit, et répliqua avec feu :

— André a mieux que du talent, on le saura bientôt, je l'espère. Mais vous n'ignorez pas combien il est difficile à présent de se faire une situation dans les lettres ?… Je vous citerai des noms d'écrivains pleins de mérite qui travaillent pour les autres, parce que, dans les bons journaux, on refuse systématiquement leurs œuvres. Ils n'ont pas eu de chance, n'ont pas su se faufiler dans les rédactions, sont trop indépendants pour faire partie d'une coterie, trop fiers pour se grouper autour d'une personnalité excentrique. Mais, comme il faut vivre, il leur reste la ressource, après avoir échoué partout, de vendre leur travail à un romancier connu, qui le signera, et fera payer très cher cette même prose que l'on repoussa dédaigneusement.

— Et ces écrivains en vogue acceptent de signer le travail des autres ?

— Cela se fait couramment…

— Dans le grand commerce, si nous sommes moins glorieux, nous sommes plus honnêtes.

— Vous êtes peut-être plus défendus…

— Alors, votre amant ?

— Que voulez-vous, il a pris ce qui s'offrait : une place de secrétaire.

— Et vous assistez à l'enfantement de ces œuvres de haut goût !… Comme cela doit être ennuyeux, ma pauvre Fiamette ?

On vous lit, sans doute, ces élucubrations malsaines, et vous êtes appelée à lancer de délicats coups d'encensoirs entre deux bâillements étouffés ?...

— Oh ! dit-elle en riant, André ne se donne pas beaucoup de mal. Il a tout de suite attrapé le genre faisandé du Maître, et il écrit au courant de la plume, prétendant qu'il y aura toujours assez de vers blancs au bout de l'hameçon pour prendre les snobs...

— Fiamette, dit le jeune homme, vous êtes une charge pour votre amant, et vous seriez plus heureux, l'un et l'autre, en reprenant votre liberté. Je suis riche... si vous vouliez...

— Non, fit-elle doucement, n'insistez pas.

— Dis-lui donc, Nora, qu'elle fait une bêtise !...

Nora se redressa sur sa chaise, passa la main sur son front moite, et murmura :

— Comme elle serait riche d'argent si elle était moins riche d'amour !

— Pas aimable pour moi ! fit Francis en riant.

— Bah ! on s'aime si bien quand on ne s'aime pas !

— C'est peut-être vrai.

— Moi, je n'ai jamais voulu avoir de chiens ni de grandes passions... ça finit toujours mal !

Pascal, qui échangeait des escarmouches avec une débutante, empanachée comme un corbillard de riches, s'arrêta devant la loge et tendit la main aux deux femmes.

— Et André !...

— Il est avec Chozelle...

— Ah ! vous savez l'histoire ?...

— Quelle histoire ?... demanda Fiamette qui n'avait pas ajouté grande importance au tumulte de la salle, croyant à une discussion de filles.

— Ninoche a eu « des raisons » avec Jacques...

— Ah ! vraiment ? Dites vite !

— André vous racontera la scène ; moi, je voudrais vous parler d'une idée qui m'est venue, tout à l'heure, en vous voyant si jolie sur ce fond d'or et de pourpre.

— Parlez.

— Voulez-vous poser pour ma Salomé ?... Une Salomé blonde dont je rêve depuis longtemps... J'espère que votre ami ne s'y opposera pas !

— Oh ! il sait bien qu'il n'a rien à craindre de vous.

— D'ailleurs, vous serez si couverte de gemmes et de fleurs qu'on ne verra que des petits coins de votre peau... C'est dit ?...

— J'en parlerai à André, et, s'il accepte, je serai bien heureuse...

— À demain, Fiamette, car il faut profiter de l'inspiration qui flirte, joue et se dérobe comme une vraie femme !... Quand on la tient par un pan de sa tunique, il ne faut pas lui permettre de s'enfuir.

Il mit un baiser sur les doigts de la mignonne, et reprit sa poursuite galante dans les couloirs.

— Tu seras adorable, dit Nora.

— Modèle ! soupira Francis, il ne vous manquait plus que cette humiliation ! Alors, vous allez poser devant ce monsieur ?...

— Bien des grandes dames seraient fières de pouvoir en faire autant...

— Ce n'est pas une raison !

Francis Lombard s'était levé.

— Il y a une chose certaine, dit-il ironiquement, c'est que vous n'irez pas demain à l'atelier de Pascal.

— Pourquoi ?...

— Vous n'avez donc pas entendu ce qui se disait dans la loge à côté ?...

— Non.

— Votre ami se bat.

— Il se bat !...

— Oui, n'est-il pas l'homme de l'association ?...

Et Francis ajouta d'un ton méprisant :

— Il est de son devoir de défendre Jacques.

— Comment pouvez-vous penser !

— Je ne pense rien. Il est certaines personnalités qu'on ne fréquente pas impunément... Sans doute, votre ami, que j'estime malgré tout, n'a-t-il point pesé toutes les conséquences de cette intimité. Il ne passe point pour le secrétaire de Jacques, mais pour son...

— Taisez-vous !

André Flavien retrouva Fiamette qui pleurait sur l'épaule de Nora.

— Tu vas te battre ?... demanda-t-elle.

— Qui t'a dit ?

— C'est le secret de Polichinelle.

Il haussa les épaules.

— Mais non, ce serait trop ridicule...

Un sourire illumina les traits de la petite amante.

— Bien vrai ?... Tu me jures de ne pas faire cette folie ?...

— Oh ! de grand cœur !

Ils sortirent tous les trois, tandis que le rideau s'écartait pour le dernier tableau : la ronde finale des lémures, des stryges et des lamies autour de la chauve-souris.

Dans la salle, on commentait l'incident, et des rires fusaient de tous côtés. Chozelle et Ninoche étaient les héros de la nuit, — de la brève nuit parisienne qui passe sur les tristesses et les misères, comme une phalène aux ailes pourpres sur un champ de mort !

# V

## Les Griseries saintes

La peine de Fiamette n'était plus de celles qui agissent et se débattent. Elle était lasse de lutter, lasse d'espérer des choses irréalisables. Aussi n'interrogeait-elle plus son amant sur ses actes ni sur ses projets, se contentant de ses menues confidences. Il ne se battait pas, c'était l'essentiel ; peu lui importait de savoir de quelle façon les choses s'étaient passées, et pourquoi, Ninoche ayant injurié Chozelle, c'était André qui demandait réparation de l'offense.

Mis en gaieté par les cocasseries de l'aventure, le jeune homme raconta les faits à sa maîtresse et décrivit plaisamment le ménage androgyne que l'entrée de Ninoche avait mis en fuite.

— Un homme habillé en femme ! Est-ce possible ?...

— Dame...

Câline, elle le prit dans ses bras.

— Est-ce que mes baisers ne valent pas mieux que toutes leurs simagrées ?...

— Miette chérie !

— N'aimes-tu point mon étreinte et la douceur de ma bouche ?...

— Si !

— Il n'y a pas un petit coin de mon corps que tu ne connaisses...

— Chaque repli charmant a été le nid d'un baiser, et ces baisers t'ont fait rire ou crier de joie... Et il y aura d'autres baisers encore, des baisers rares et précieux, des baisers légers et soyeux comme des pétales de lys, il y en aura tant que si notre bonne fée avait le pouvoir d'en faire des pierreries, ils te couvriraient d'un réseau fulgurant...

— Et j'emprunterais sur eux, dit-elle en riant... Serions-nous riches !

Il s'était agenouillé fervemment, comme un brahmane devant la pierre triangulaire que les pénitents portent à leurs lèvres, et, les yeux clos, elle s'abandonnait...

— André, dit-elle, après un long silence, il ne faut plus voir ce vilain homme... Pascal m'a demandé de poser pour une Salomé qu'il destine au prochain Salon.

— Une Salomé blonde ?

— Oui, et cela nous changera des yeux de nuit et des teints de clair de lune... J'aurai le torse nu, maillé de turquoises et de perles. Tu permets ?...

— Je ne crains rien de Pascal...

— J'aurai aussi des bagues à tous les doigts, des anneaux pesants, des colliers et des fibules de taille... Je scintillerai comme un astre dans les ténèbres avec ma peau lactée et l'or de mes cheveux !

— Tu seras divinement jolie...

— Et je gagnerai des sommes folles !... Car, tu sais, je ne pose pas pour tout le monde.

— Eh bien, tu t'achèteras des robes.

Mais elle songeait aux mauvais jours, et trouva un délicieux mensonge.

— Autre chose, encore... Pascal, qui te veut du bien, a placé tes chroniques dans une grande revue... Il ne sait encore quand elles paraîtront, mais on l'a payé tout de suite.

André, avec l'insouciance des poètes, ne demanda pas d'autre explication.

— Ah ! Miette ! Miette !... Tu es ma petite Providence !

— Aime-moi, alors, aime-moi bien !

Et l'adorable duo recommença, selon les vœux de la nature qui a bien fait ce qu'elle a fait, et n'a permis la révolte des hommes que pour mieux établir, par le contraste, la beauté de ses enseignements.

Fiamette avait rempli la chambre de violettes, et toute la campagne endeuillée semblait renaître avec ses verdures, ses eaux et ses forêts dans le jaune d'or d'une branche de mimosas. La jeune femme se rappelait une joie pareille lorsque, petite fille, elle s'était réveillée à l'orée d'un bois, chez un de ses parents qui était garde dans les environs de Paris. Elle avait eu la même impression de félicité et de quiétude, et cette impression, alors, ne lui avait pas semblé nouvelle, comme si elle eût subi l'influence de souvenirs lointains, antérieurs à sa naissance : des souvenirs qu'un rien avait suffi à ressusciter et qui chantaient mystérieusement dans son âme.

Émus, les amants regardaient la petite branche ensoleillée où tremblaient des cabochons jaunes. Ils croyaient sentir des odeurs de renouveau et de pommiers fleuris derrière cette grappe lumineuse qui faisait comme un écran d'or à leurs baisers. Ils écoutaient chanter l'amour en eux et autour d'eux ; il leur semblait que l'afflux de la vie des plantes envahissait leurs veines comme une coulée de miel. Oh ! les noires heures de solitude ! Oh ! les nuits de doute et de joies funèbres dans les cabarets à la mode et les salles enfumées des théâtres à femmes !… L'âme de Fiamette, jadis, n'était certainement pas la même qu'en cette heure exquise ! C'était une morte couchée sous le suaire des frimas et des neiges, dans la désolation de tout ! Maintenant elle renaissait, n'ayant gardé de ce long sommeil qu'une fragilité passionnée et souffrante.

— Fiamette, je ne te quitterai plus.

Elle secoua la tête.

— Si je pouvais te croire !… Mais tu n'es qu'un poète, une flamme qui s'élance, palpite, se courbe, resplendit ou s'éteint au gré du vent.

— Peut-être…

— D'ailleurs, ne pensons pas… Aujourd'hui, je suis heureuse.

— Moi, j'ai peur ! Pourquoi la Destinée s'acharne-t-elle contre les plus doux et les meilleurs ? Il faut accepter l'hostilité évidente des êtres et des choses... Jadis, replié sur moi-même, j'ai essayé de pénétrer ce mystère de haine ; je me suis demandé de quelle faute, de quel crime je m'étais rendu coupable.

— À quoi bon ?...

— Oui, à quoi bon ?... La réflexion exaspère le sentiment de justice que nous avons en nous... La réflexion est mauvaise, car elle nous enlève l'impassibilité de la brute et l'inconscience des conquérants.

Fiamette baisa doucement les paupières de son ami, et mit sa joue contre la sienne avec une tendresse maternelle.

— Ton enfance a été triste ?

— Aussi loin que je reporte mes souvenirs, je ne vois autour de moi que dédain et indifférence. Mais j'étais soutenu par l'éternelle Chimère qui me mettait au-dessus des calculs, des discussions d'intérêt et des bassesses de ceux qui m'entouraient. Je caressais l'enchanteresse aux yeux glauques pour oublier, espérer ce je ne sais quoi qui n'arrive jamais, mais qui, tout de même, vous soutient jusqu'à la culbute finale...

— Maintenant, nous espérerons à deux, et nous serons heureux, puisque rien n'existe que par l'imagination.

— Oui, la chose la plus ardemment souhaitée n'est qu'un canevas fragile que chacun brode de la flore de ses désirs ; toute la joie est dans cette action de broder avec l'aiguille d'or de l'esprit et la soie pourpre du cœur. Qu'importe si, dans la trame éblouissante, l'homme a laissé des parcelles de son énergie, et si chaque rose d'élection lui a coûté une goutte du plus pur de son sang !... Le canevas, fût-il fait des fibres mêmes de sa chair, et les écheveaux soyeux de ses artères vives, ce serait encore une félicité pour lui d'y broder le mensonge chatoyant et pervers du Rêve !

# XVI

## Une Princesse de songe

Fiamette pose dans la chaleur du calorifère.

Elle a noirci ses paupières, et ses yeux ont une lueur inquiétante, sont du vert des feuilles de nymphéas sous l'eau trouble des étangs. Sur sa peau lumineuse tombe le manteau ardent de ses cheveux : un coucher de soleil sur un lever de lune !

André, qui procède à la toilette de sa maîtresse, l'a gainée de sardoines et de chrysobéryls, avec une fibule de turquoises à l'endroit de son désir. Il a serré un tissu arachnéen autour de ses flancs et de ses genoux, a bagué ses pieds nus de chatons

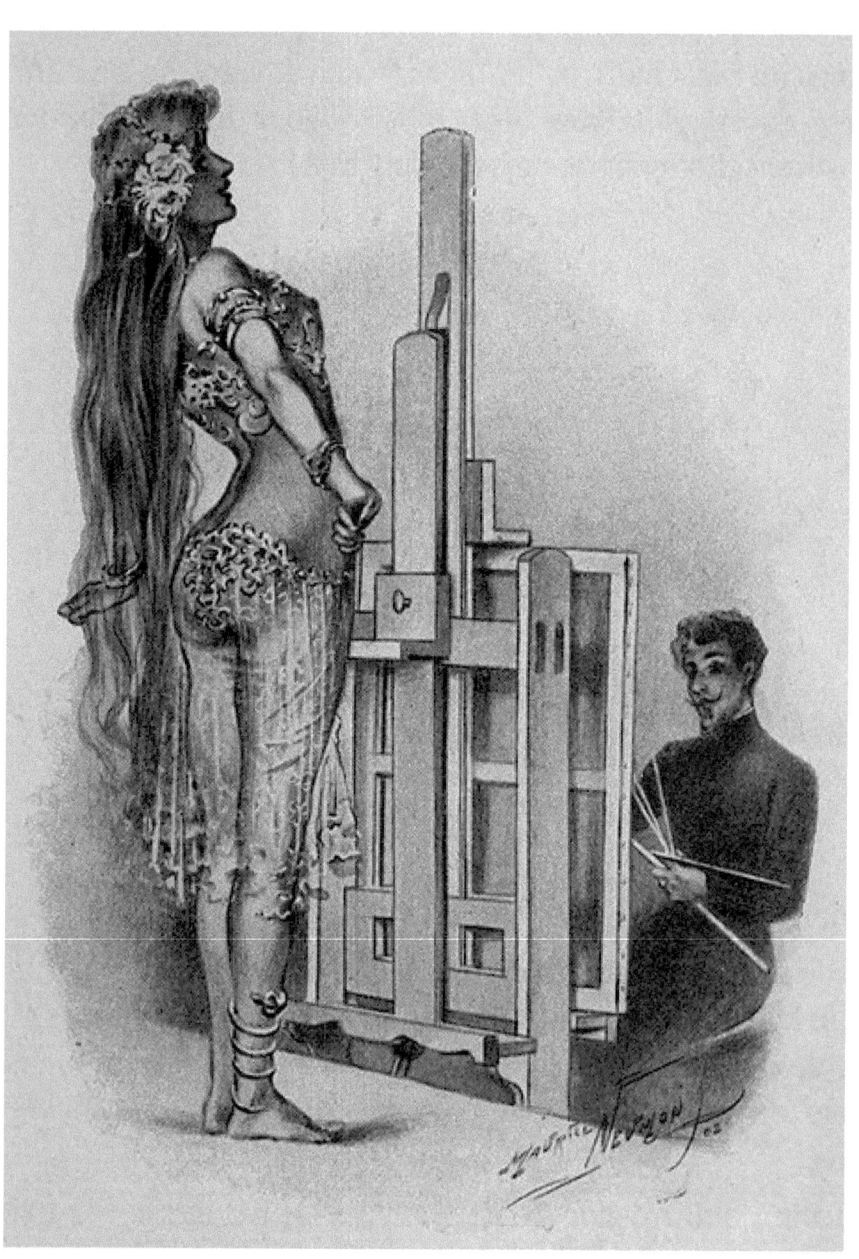

glauques. Elle sourit, heureuse de sentir, sur elle, la main qui la caresse et le regard qui l'admire.

— Levez le bras, dit Pascal... Non, pas ainsi.

Et il monte sur l'estrade, lui indique le mouvement qu'il souhaite.

— Vous venez de danser, Fiamette, et tout votre corps se tord voluptueusement, s'offre, semble s'abandonner... Vous exprimez l'amour, la cruauté perverse, la joie du triomphe...

La jeune femme se prête docilement aux exigences de l'artiste.

— C'est merveilleux, dit-il... Il est défendu d'être aussi belle !

André, contre un chevalet, a griffonné quelque chose.

— Poète, lis-nous tes vers, demande Pascal, cela m'inspirera. Donne-moi la couleur de ton rêve et l'âme de ta tendresse.

André, de sa voix sonore, lance les rimes scintillantes qui semblent se fixer en cabochons de lucioles sur le corps gemmé de sa maîtresse.

> *Princesse maléfique à l'étrange beauté,*
> *Le maître qui te fit, à la fois blonde et brune,*
> *Te jeta des baisers de soleil et de lune ;*
> *Tu sembles, tour à tour, la nuit et la clarté.*
>
> *L'on cherche le regret de ta divinité*
> *Dans ton sombre regard que la vie importune,*
> *Dans tes lèvres d'orgueil, d'amour et de rancune*
> *Qui disent ta puissance et ta fragilité !*
>
> *Symbole de désir, de volupté cruelle,*

> *Femme, stryge, bacchante, enjôleuse éternelle !*
> *Quelle est donc cette fleur, triste parmi les fleurs,*
>
> *Dont tu veux respirer l'âme déjà lointaine,*
> *Cette fleur angoissante où ruissellent des pleurs ?...*
> *Vierge, ce lys de sang est une tête humaine !*

— Après cela, je puis laisser mes pinceaux, s'écria Pascal. Ta Salomé est plus vivante que la mienne !

Fiamette, descendue de l'estrade, avait pris une cigarette, dans une coupe de jade couverte de divinités hindoues, et sa tête blonde s'ennuageait de blonde fumée.

— André m'a fait une promesse, dit-elle, mais je crains bien qu'il ne puisse la tenir.

— Il vous a promis de ne pas revoir Jacques ? dit l'artiste en souriant.

— Oui, comment savez-vous ?...

— Oh ! ce n'est pas difficile à deviner ; c'est la seule chose qui vous tienne au cœur.

— N'ai-je pas raison ?...

— Vous avez tellement raison que vous en avez tort. N'oubliez pas, mignonne, qu'il ne faut pas trop affirmer sa supériorité, et que le sens le plus rare chez l'homme est le sens commun... André retournera chez Chozelle, parce que c'est inepte.

— Non, fit le jeune homme.

— Pardon, mon petit, tu y retourneras malgré toi, sans plaisir, avec dégoût, même, mais c'est fatal.

Fiamette, toute pâle, se plaça devant son amant.

— Je te jure que si tu revois Jacques, tu ne me trouveras plus au retour.

Elle tremblait tellement que ses bracelets cliquetaient sur ses bras.

— Folle ! dit-il.

Et il lui mit sur les lèvres un baiser sincère, très doux.

Dans l'atelier de Pascal, ils passèrent des heures exquises, oublieux de tout ce qui les avait séparés.

Au dehors, une pluie hostile, agressive, épinglait les âmes de mélancolie, noyait les désirs et les volontés, communiquait aux êtres ses mauvaises intentions. Et les mailles liquides se croisaient, s'embrouillaient, traînaient des perles sonores sur les parapluies, s'échappaient en cascades, semblant emprisonner les piétons dans des guérites de verre filé.

Il faisait bon dans la chaleur de la grande pièce, si hospitalière avec ses larges divans et ses tapis aux nuances rares, disposés comme des corbeilles fleuries sous les pieds des visiteurs.

Et Salomé s'animait sur la toile, devenait inquiétante de tentation et de perversité dans sa gaine hiératique, gemmée de sardoines et chrysobéryls, que perçait la pointe rose de ses seins. Les pierreries, sur sa chair nue, semblaient vivre et se mouvoir comme de prestigieux scarabées, des reptiles de flammes. Elle était debout, palpitante, avec sa ceinture basse égrenée de perles, et elle tendait les bras, la tête un peu renversée dans une pose de défi et de luxure.

— Je crois que je tiens un succès, répétait Pascal qui était peut-être le plus heureux des trois.

Au milieu de cette quiétude, ils eurent la visite de Tigrane, qui venait souvent prendre l'air de l'atelier et chercher des conseils pour ses costumes.

La mime serra la main d'André.

— C'est vous qui assistiez Jacques le jour de... l'incident ?... Il a été tout de même trop rosse.

— Ah ! oui, la petite note du lendemain : « Une femme ivre, dans les couloirs des *Fantaisies-Perverses*, s'est permis d'insulter un de nos confrères les plus sympathiques, et ce n'est qu'à grand'peine qu'on a pu maîtriser cette furie ! »

— Ninoche en a pleuré de rage pendant trois jours !

— Que pouvait faire la pauvre en l'occurrence ?... Ils étaient trop !

Tigrane, serpentine et enjôleuse dans ses fourrures de femme à la mode, admirait l'œuvre du peintre.

— Ah ! Maître, comme vous avez été inspiré de choisir Fiamette pour votre Salomé !... Un sujet que vous avez su rajeunir et qui sera la gloire du prochain Salon !

Mais la mime n'était point venue seulement pour encenser l'artiste et le modèle. Sa visite avait un autre but. Tandis que Fiamette reprenait sa pose sur l'estrade, et que Pascal s'absorbait dans la fusion de ses teintes prestigieuses, elle se rapprocha d'André.

— Oh ! le joli triptyque ! dit-elle. C'est, au moins, de l'école vénitienne ?... Renseignez-moi, je suis fort ignorante.

Ils examinèrent le meuble, finement ciselé sur cuivre et sur ivoire, orné de sujets d'après Véronèse et le Tintoret. Comme ils tournaient le dos à Fiamette, Tigrane murmura :

— C'est pour vous, monsieur Flavien, que je suis venue.

— Pour moi !

— Oui, Jacques désire vous parler.

— C'est inutile, dit André. Je ne comprends pas Chozelle, et je préfère ne plus le voir.

— Oh ! ce n'est point un mauvais garçon, au fond. Je vous assure qu'il est très gentil pour ses amis.

— C'est possible, mais il les choisit si singulièrement qu'il a tort d'être gentil pour eux.

— Oui, certains plumitifs ont de l'encre dans le cœur.

— Et ils ont la nausée facile.

— Mon Dieu ! soupira la Chauve-Souris, j'ai connu beaucoup d'hommes…

— Certes, fit André avec conviction.

— Eh bien, je vous assure qu'ils sont presque tous pareils, quant au moral, avec seulement quelques manies différentes. Je suis reconnaissante à Jacques de ne rien me demander… C'est si ennuyeux, le simulacre d'amour, lorsque l'amour est absent.

— Alors, Jacques ?…

— Mais vous le savez bien.

— Je ne voulais pas le croire, surtout avec vous, Tigrane !

— Eh bien, vous avez tort !… pas ça !

Et elle fit claquer le bout de son ongle rose contre ses dents.

# XVII

## Le Divin Mirage

André, près de Fiamette, se remettait au travail — un travail selon sa raison et son cœur qui l'ensoleillait d'espoir. — Il disait à sa maîtresse qu'il avait été insensé de vouloir l'oublier et qu'il comprenait bien maintenant que tout lui venait d'elle : force et courage. Ses confessions, ses aveux, ses promesses étaient coupés de baisers, de folies tendres, et, cajôleuse, elle le grondait ou s'égayait avec lui de ses imaginations.

N'avait-il pas tout pour être confiant, rassuré, libre, avec l'avenir charmant qu'elle lui ferait ?... Était-il possible de se créer des tourments, lorsqu'il n'y avait qu'à se laisser vivre, qu'à laisser couler les heures toutes limpides comme les grains d'un rosaire de cristal ?...

Et le flux ne tarissait pas de ces paroles douces qui chantent au cœur des poètes l'hymne éternel de résurrection !

Le beau roman de caresses recommença.

Toute l'occupation d'André, après son labeur, fut d'adorer Fiamette, et il eut l'illusion de l'aimer avec toute l'ardeur de la prime jeunesse. Elle n'avait plus de regards, elle ne semblait plus avoir de pensées que pour lui. Il la voyait en princesse tragique dans les flammes de ses pierreries, immobile, presque immatérielle sur l'estrade de velours pourpre, et elle n'était point seulement une femme, mais l'incarnation de son rêve. À travers les mailles de son gorgerin, il caressait les coupelles fraîches de ses seins, et, délicieusement, il mettait ses lèvres aux fossettes voluptueuses que découvrait le réseau d'or.

Souvent il l'emmenait dans son costume sidéral, pour la posséder ainsi, et les rimes lumineuses chantaient si follement dans sa tête qu'il lui semblait jongler avec des étoiles !

Il avait acheté, chez un brocanteur, une délicate soie d'aïeule, ramagée d'œillets et de roses sur un fond gris très doux, et cette étoffe avait couvert les murs de leur chambre, qu'égayaient, chaque jour, des fleurs nouvelles.

Ainsi, avec leur tendresse, ils possédaient le printemps chez eux. Leur paradis leur semblait très vaste et le monde tout petit, perdu dans les brouillards de l'éloignement. Rien autour d'eux qui ne fût eux-mêmes, nul regard hostile entre leurs regards, nulle voix discordante entre leurs voix. Le soir, lorsqu'il écrivait, elle se blottissait dans le lit, lui faisait la place chaude. La lampe versait une lumière blanche, éclairant un coin de table, un fauteuil, un bout de tapis. Le reste était dans une ombre blonde, égayée, çà et là, d'un accroc d'or sur un cadre, d'une lueur de soie, d'un reflet de cuivre.

Il se tournait vers elle, sa feuille toute mouillée d'encre à la main, et il scandait ses vers, lentement, quêtant une approbation, prêt aussi à corriger selon le sentiment de sa maîtresse :

> *...Et, dans ce ciel obscur où je ne voyais rien,*
> *Je découvre, éperdu, le nid aérien*
> *Des baisers confondus, des baisers fous, avides,*

*Que couve l'aile d'or de mon amour vainqueur !*
*Qu'importe le réveil sous les brumes livides :*
*J'ai caché le soleil tout entier dans mon cœur !*

Le temps passait comme l'eau passe entre les doigts, ne laissant qu'une impression de douceur fluide. Le rêve poussait le rêve dans une griserie toujours renaissante, et le souvenir du bonheur succédait à l'espoir du plaisir. Nulle amertume, nulle crainte, nul souci, nul doute, nulle menace. Il suffisait donc pour être heureux de se laisser vivre en se laissant aimer ?... Comme c'était simple !

André, par le contraste de ce qu'il avait vu et deviné dans une société indigne, trouvait du charme aux moindres détails de son existence paisible.

— Vois-tu, disait-il à Fiamette, je sortirai indemne de toutes les épreuves, car je n'ai pas cessé de te chérir, et rien en moi ni autour de moi ne pourra jamais éteindre le feu sacré. Miette, pardonne à l'imprudent ?... je te jure de ne jamais revoir Chozelle. Ta patience, ta douceur ne s'exerceront pas en faveur d'un ingrat ; je sais que tu as sacrifié une fortune pour moi, — Nora m'a tout dit, — et je t'adore de m'aimer autant !

— Poète, murmurait-elle, en lui baisant les yeux, tu es sincère aujourd'hui et je suis joyeuse, mais Dieu sait où ta chimère t'emportera demain !... Tu es comme ces enfants qui construisent des palais dans le sable des plages ! Rien n'y manque, ni la vie opaline des méduses, ni le trésor nacré des coquillages, ni l'horizon ensoleillé. Les ouvriers s'installent, comme des monarques dans leur royaume, puis tout croule, balayé par le flot ! Mais je ne veux pas savoir ce que sera demain. Demain, c'est l'oubli, c'est la souffrance, c'est la mort ! Il faut jouir de l'heure présente, fermer les yeux et se boucher les oreilles. Demain, d'autres auront pris notre place et nous serons dans le passé… Étreins-moi bien, mon cher amant, et que nos âmes se lient comme nos corps pour la suprême extase !…

— Dis-moi, Miette, que je pourrai toujours compter sur toi ?

— Sans doute, fit-elle, d'une voix hésitante ; mais il ne faut pas tenter la nature, et la douleur est bien près de la faute. Si tu me quittais encore, je ne sais ce que je ferais…

— Je ne te quitterai plus.

— Même si l'on te proposait des merveilles ?…

— Non. Et puis, j'ai confiance en moi. Je travaille avec une ardeur, une liberté que j'ignorais jusqu'à ce jour. Je dois réussir, car j'ai la volonté. Si je faiblissais, tu serais là pour me soutenir avec ton amour. Crois-tu qu'il y ait autre chose dans la vie que l'amour ?… Penses-tu que ce soit aisé de se faire aimer autant que l'on aime ?… Bien des hommes meurent inassouvis d'âme, parce qu'ils n'ont pu donner ce qu'ils avaient en eux de tendresse, en échange d'une tendresse égale. Souvent un être de délicatesse et de sensibilité reste ignoré, méconnu, sort vierge de toutes les étreintes, de toutes les voluptés. Ah ! quand le hasard réunit deux caresses et deux sentiments de même valeur, il ne faut plus désirer, ni espérer autre chose sur la terre, car le bonheur n'est que la fusion de deux âmes dans un baiser !…

Et Miette, en souriant, mit son âme sur ses lèvres pour l'offrir à son ami.

Il reprit fiévreusement :

— Tu as senti qu'en moi il y avait mieux que l'artiste et le compagnon d'un jour. Si tu doutais de mon amour présent, je douterais de ton amour passé. Tu ne m'as point choisi par orgueil, donc tu ne m'abandonneras pas par égoïsme. Miette ! Miette ! songe à ce que je perdrais si tu me quittais !…

Un peu tristement, elle répondit :

— Je ne te quitterai pas… Pourquoi te tourmenter ?…

— Ah ! dit-il, je ne suis pas fait pour le bonheur, et quand le destin me donne de beaux jouets tout neufs, je les casse pour voir ce qu'il y a dedans !

# XVIII

## L'Amant de Nora

C'était le dernier jour de pose, et Fiamette se rendait à l'atelier de Pascal. L'air était froid, le verglas craquait sous les pieds des passants qui se hâtaient dans le fin brouillard du matin. Sur le pont de la rue Caulaincourt, un servante arrêta la jeune femme.

— Ah ! Madame, j'allais chez vous.

— Qu'arrive-t-il donc !

— M^me Nora est fort mal aujourd'hui et désire vous voir.

— C'est bien, je vous accompagne.

En quelques minutes, Fiamette fut dans le délicieux hôtel que la Comète habitait rue Clapeyron.

Des domestiques s'empressaient, effarés, car la danseuse, qui ne s'était couchée que fort tard, après une nuit de fête, venait d'avoir une syncope.

Toute frêle, presque diaphane dans une mousse de dentelles et de linon, elle semblait ne plus avoir de vivant que ses grands yeux de braise sombre. Fiamette se précipita dans ses bras.

— Ma chérie !

— Ah ! oui, j'ai une drôle de mine, n'est-ce pas ?... Mais ce ne sera pas encore pour aujourd'hui.

— Tais-toi !

— Vois-tu, je suis tout nerfs ! Un vrai chat maigre qu'on ne peut pas arriver à détruire !... Quand je crois que c'est fini tout recommence... Cette nuit j'ai soupé...

— Tu as soupé !

— Et jamais je n'ai si follement ri... Trois femmes et trois hommes... On a raconté des histoires sur la bande que tu sais... Sous peu, tout ce joli monde sera compromis dans une vilaine affaire. Je te dis ça pour que ton André n'y retourne pas.

Fiamette eut un beau sourire de dédain.

— Il ne me quitte plus, tout est oublié.

— De quoi vivez-vous donc ?…

— J'ai vendu ma zibeline et mon collier. Cela durera bien quelque temps, et puis, Pascal me paie mes poses. N'en dis rien à André… Il s'imagine que c'est l'argent de ses chroniques !

— Cette candeur !

De nouveau, Nora se renversa, toute blanche. Entre ses cils, la cornée de ses yeux luisait en fin ruban de nacre, ses narines minces se resserraient encore, et de ses lèvres sèches tout le sang s'était retiré.

Fiamette épouvantée fit respirer des sels à son amie, et la Comète revint à elle.

— Tu vois, chérie, je suis bien bas ; pourtant, c'est à n'y pas croire, jamais je n'ai eu autant de succès auprès des hommes. Ils cherchent le macabre, à présent… Si je les écoutais, je n'aurais pas un moment à moi.

— Et ton amant !…

— Il n'est pas jaloux, au contraire… C'est un homme plein d'abnégation, vois-tu, il désire que je le quitte sans regrets.

Un peu d'amertume crispa la bouche de la Comète, ses grands yeux eurent une flamme plus sombre.

— Tu as bien tort de te sacrifier à ton amour, dit-elle, si tu connaissais les hommes, tu ne ferais plus de sentiment.

— J'aime mieux aimer.

— Eux, aiment qu'on les aime. Voilà la différence.

— Eh bien, tout le monde y trouve son compte.

La soubrette, qui avait été chercher Fiamette, parut à ce moment.

— Madame, dit-elle, Monsieur est là.

— Veux-tu que je fasse entrer Georges ? demanda Nora à son amie.

— Si je ne suis pas de trop... Mais Pascal m'attend pour terminer son œuvre. Et, puisque tu n'es plus seule...

— Reste un moment, cela sera instructif, peut-être...

L'amant attitré de la Comète entra, et, tout de suite, sans même se préoccuper de sa maîtresse, sourit à Fiamette, lui prit la main, l'examina à la lumière de la fenêtre, dont il tira le rideau. Satisfait de cette inspection :

— Elle est gentille, ton amie, dit-il à la danseuse.

— Plus encore que tu ne crois.

— Est-ce que nous soupons ensemble, ce soir, à nous trois, seulement ? Mademoiselle consent, n'est-ce pas ?...

— Tu sais que j'ai failli mourir !...

— Bah ! tu connais le remède ?... Tu n'en seras que plus amoureuse, les jolis yeux de cette petite te guériront.

Fiamette se leva avec dégoût.

— Adieu, Nora, dit-elle.

— Reste encore, Miette, gémit la danseuse, je me sens vraiment tout à fait mal !

Et, comme Georges, très ennuyé, s'éloignait, elle pencha son front moite sur la poitrine de la jeune femme, resta ainsi, pelotonnée contre le cœur ami, tandis qu'une petite larme filtrait doucement entre ses cils et coulait sur sa joue creuse.

— Tu vois, murmura-t-elle, ce que sont les hommes !... Moi, je me donne à tous, pour n'en aimer aucun !

— Et tu aimes tout de même, pauvre Comète !

# XIX

## La Chimère s'envole

André Flavien mit un rouleau sous son bras et se rendit chez Pascal, où il comptait trouver sa maîtresse.

Le maître attendait, en glissant de légères retouches sur son œuvre. De temps à autre, il s'éloignait pour juger de l'ensemble, clignait de l'œil, penchait la tête, et, mécontent de quelque détail, prenait du bout d'un pinceau de martre de savants glacis sur sa palette.

— Où est Fiamette ? demanda André, après avoir serré la main de Pascal.

— J'allais vous poser cette question.

— Comment ?...

— J'attends depuis deux heures...

Un petit frisson courut entre les épaules du jeune homme.

— Fiamette m'a quitté pour venir vous rejoindre.

— Je n'ai vu personne.

— Alors...

— Ne vous troublez pas ; peut-être a-t-elle rencontré une amie, et fait-elle l'école buissonnière. Il y a aussi la modiste, le coiffeur, le magasin de nouveautés... Que sais-je !... Une jolie femme a besoin de tant de choses.

André respira.

— C'est cela, elle aura voulu acheter des fleurs ou quelque babiole pour orner le logis... comme si sa présence n'était point suffisante !

— L'homme aime le changement !

Puisque nous sommes seuls, cher ami, permettez-moi de vous remercier...

— Me remercier de quoi ?

— De votre précieuse recommandation auprès de mes confrères influents.

Pascal ouvrait de grands yeux.

— Je ne comprends pas.

— Vous avez placé des vers et quelques chroniques dans des revues qui, paraît-il, doivent les insérer prochainement. Dans tous les cas, les directeurs de ces publications se sont montrés généreux.

— Ah !

— Et je voudrais, continua André, en rougissant, faire une surprise à Fiamette.

— Eh bien ?...

— Eh bien, pour cela, il me faudrait de l'argent, et j'ai pensé qu'on vous en avancerait encore sur ces articles...

André déploya son rouleau.

— J'ai fait de l'actualité, et je crois que le sujet est intéressant.

— Ah ça ! dit Pascal, que me chantez-vous là ?...

— Je vous demande un service analogue à celui que vous m'avez déjà rendu auprès des directeurs de journaux.

— Je ne vous ai rendu aucun service de cet ordre.

André, tout pâle, s'essuya le front.

— Fiamette m'avait dit...

Le peintre, en voyant le visage contracté du jeune homme, regretta sa franchise, mais il était trop tard pour réparer le mal.

— Je ne sais pas ce que votre amie a pu vous dire. Je compte l'indemniser largement de sa complaisance, car, grâce à elle, j'ai fait un chef-d'œuvre, et je suis prêt à m'acquitter tout de suite, si vous le désirez.

— N'insistez pas, fit André, confus de l'offre un peu brutale de l'artiste.

— Si vous étiez mon élève, poursuivit Pascal, je pourrais, sans doute, vous être utile ; quant à vous aider dans le placement de vos articles, cela ne m'est guère possible ; j'avoue humblement que je n'ai aucune influence dans le monde littéraire.

— Alors, murmura le poète, je ne sais pas de quoi nous avons pu vivre depuis que j'ai quitté Chozelle.

Le peintre eut un sourire un peu sceptique qui fut comme une révélation pour André.

— Non, c'est impossible !... Je la quitte si peu... Pourtant...

Et André, doublement malheureux, sentit agoniser en lui son beau rêve d'amour et son beau rêve de gloire ?

# XX

Rupture

Quand Fiamette rentra, elle trouva une lettre de son amant.

« Tu m'as trompé, écrivait-il, et tu m'as fait jouer un rôle méprisable. Je ne m'abaisserai pas à t'interroger. À quoi bon ?... Tu sais feindre et mentir comme toutes les femmes, et, de tout ce que tu pourrais me dire, je ne croirais rien. Adieu Fiamette, ne me regrette pas. La destinée sera bonne pour toi, car je n'étais qu'un obstacle dans ta vie.

André Flavien. »

La jeune femme demeura atterrée. Elle s'enferma dans la petite chambre, toute fleurie et parfumée encore du cher souvenir, et rêva longuement. Tout n'était en elle que demi-teinte, tristesse, sans le soulagement des larmes, qui ne pouvaient monter jusqu'à ses yeux. La vie désormais serait uniforme dans son indifférence, grise, pénible et sans but. À qui s'attacher maintenant que l'amant était parti ? À qui murmurer ces litanies de tendresse que toutes les femmes ont dans le cœur ? Entre ce qu'elle avait souhaité et ce qui s'était réalisé, malgré son dévouement et son abnégation, il y avait la distance qui sépare l'illusion de l'expérience, l'enthousiasme du désenchantement. C'était l'histoire de presque toutes les liaisons, qui commencent en cantiques d'actions de grâce et qui finissent en lamento de deuil. Elle connaissait peu la vie, étant si jeune, mais l'ingratitude humaine l'étonnait déjà comme une monstruosité, un oubli de la nature qui a parfait les formes et les couleurs sans s'inquiéter des âmes. L'appétit d'émotion sentimentale, qui était le trait dominant de son caractère, s'exaspéra dans le vide. Elle n'était point consolée de ses maux par leur grandeur même, comme il arrive dans la maladie, les désastres de fortune ou la mort de ceux qu'on chérit. Son aventure était banale, presque méprisable, et, par cela seul, lui semblait plus difficile à supporter.

Et toute son enfance de petite campagnarde innocente et libre lui revint à la mémoire. Elle revit le sentier pierreux plein d'abeilles et de mûres, les pommiers trapus aux fruits verts qu'elle cueillait en cachette par les matins déjà brumeux de septembre. Elle revenait de ses maraudes avec ses jupes lourdes de châtaignes et de girolles, s'arrêtait, de-ci, de-là, pour cueillir des campanules ou des scabieuses, et s'endormait parfois sous une voûte de verdure haute, serrée, sombre, trouée de petites raies blanches, que le vent agitait sur sa tête comme une toile d'araignée lumineuse. Derrière quelques arbres plus frêles, elle apercevait, à gauche, des haies de sorbiers et d'aubépines étalant leurs grains de corail, et, à droite, le miroir glauque d'un étang où patinaient des insectes noirs. Une frayeur lui venait à la tombée du jour et elle reprenait sa route en courant, poursuivie par la voie caresseuse de la brise et le bourdonnement voluptueux des frelons. Au tournant des chemins, elle apercevait la campagne empourprée ou le mur d'un bâtiment de ferme, qui, s'encadrant dans une échappée, semblait combler le ciel. La solitude impressionnait sa pensée enfantine. Elle ne reprenait confiance que dans la cour de sa maisonnette où le chat familier et le chien de garde l'accueillaient tendrement.

Alors, heureuse de cette protection, elle s'étendait sous un acacia qui, refleurissant en automne, laissait tomber sur elle ses pétales floconneux. L'écorce centenaire de l'arbre avait la patine du métal et la rugosité d'une peau de bête. Sous ses paupières mi-closes, ses regards y cherchaient des formes fantastiques de dragons ou de chimères, des profils d'ogres et de génies maléfiques.

Parfois, elle s'asseyait au bord du puits, contemplait le trou d'ombre froide où luisait une onde morte. Derrière le petit jardin, s'élevait une colonnade régulière de grands pins d'Italie dressant la majesté de leurs nefs à jour ; et, à mesure qu'elle s'approchait de ce bois monumental, aux troncs résineux, aux parasols entre-croisés de branches violettes, à la chaude fourrure de mousse et de cendre grise, elle se sentait emplie d'un bien-être inexprimable.

Ainsi, ses premières années s'étaient écoulées au milieu des sourires de la nature, puis elle avait perdu ses parents, et une tante l'avait recueillie, l'avait mise à l'école dans un faubourg de Paris. Elle avait fait de rapides progrès, étant très intelligente, et, petit à petit, par la fréquentation de ses compagnes perverses, le mal était entré en elle et avait flétri les roses de son cœur. Meurtrie, avant d'avoir vécu, perdue, avant d'avoir aimé, elle était bien la fleur hâtive, morbidement épanouie, des civilisations extrêmes.

André seul aurait pu la sauver des autres et d'elle-même, mais André n'avait pas voulu ou n'avait pas compris, et elle allait retomber au ruisseau du vice, regrettant d'y avoir entrevu pendant une minute brève le reflet des étoiles.

Seule, dans l'appartement, Fiamette remuait des pensées douloureuses, se laissait bercer par ses énervements, comparables, en leur morne langueur, au demi-sommeil que donne la morphine. Puis, secouant tout, sortant de ces lâchetés, elle reprenait ses ardeurs, ses forces, son

exaspération de volonté. L'hallucination de la dernière étreinte passait et repassait dans les ténèbres de ses nuits. Elle rallumait son désir fiévreux, ranimait sa soif d'amour. Et ce n'était pas la volupté des sens qu'elle souhaitait, mais la volupté du cœur mille fois plus vive, la volupté suprême où semblent s'exalter et s'anéantir toutes les joies humaines... Dans ces alternatives d'affaissement et de révolte, les heures se traînaient péniblement, n'amenant un peu de repos qu'aux premières lueurs du jour : elle s'interrogeait en vain, cherchant à comprendre sa disgrâce, et ne savait que conclure.

N'avait-elle pas été une amante soumise, humble, délicate, fervente et passionnée ?... De quel oubli, de quelle faute pouvait-on l'accuser ?...

— Ah ! se disait-elle, Nora a bien raison, il faut mettre de tout dans l'amour, excepté du sentiment !

Mais elle était trop meurtrie pour songer à se distraire, à s'évader de sa peine. Le mystérieux travail de renouvellement qui, petit à petit, efface nos désespoirs, comme le derme remplace le derme, cicatrisant les plaies les plus vives, n'avait point encore commencé en elle.

Endolorie et nostalgique, elle resta huit jours dans son petit appartement, respirant les fleurs qu'elle lui avait données, rangeant ses plumes, son encrier, ses livres et ses flacons, communiant d'âme avec son cher souvenir, à tous les passages qu'il avait notés. Des bouts de papier traînaient partout, couverts de l'écriture inquiète et nerveuse du poète ; elle les rassembla, les mit sous son oreiller et reposa huit jours sur ces reliques d'amour.

Huit jours elle n'eut pas d'autre pensée, pas d'autre espoir, pas d'autre désir que sa caresse lointaine, et elle mordit ses draps dans des crises de jalousie et de passion.

Enfin, le neuvième jour, comme elle se soutenait à peine, et qu'il lui semblait sentir, sous son crâne, un battant de cloche qui lui décollait la cervelle, elle songea que Nora était encore plus malade qu'elle, et sortit.

# XXI

## Une Orgie parisienne

André, aussi désespéré que Fiamette, avait loué une modeste chambre dans une maison meublée, et, tâchant de vaincre son orgueil, s'était rendu dans des rédactions de journaux où il avait laissé de la copie. Ici, on l'avait fait attendre deux heures pour le bercer de fallacieuses promesses ; là, on l'avait congédié en le priant de revenir dans quelques semaines. D'ailleurs, on ne lisait pas, on n'avait pas le temps de lire, et il ne restait pas de place pour insérer tous les articles qu'on envoyait journellement. Quelques directeurs de feuilles plus modestes avaient daigné parcourir les chroniques ou les nouvelles d'André, et les lui avaient rendues en lui avouant que son genre trop littéraire rebuterait la clientèle ordinaire du journal.

Un soir, ayant dîné d'un petit pain et d'un verre de lait, le poète chercha un refuge auprès de Chozelle, qui l'accueillit comme s'il l'avait vu la veille.

Le Maître, minutieusement, procédait à sa toilette.

Debout, devant une table surchargée de petits pots et d'instruments mystérieux, arrondis ou pointus, il se servait délicatement des crayons, des pâtes et des estompes, effaçant une ride, accentuant une ombre, rosissant, bleuissant ou noircissant de-ci, de-là.

Il y avait, sur des étagères, des collyres pour agrandir les yeux, des écumes de pourpre et de blanc de céruse pour donner de l'éclat au teint, des huiles pour assouplir la peau, des onguents et des baumes pour les mains, des parfums concentrés aux teintes délicates de fleurs dans des vaporisateurs de cristal.

Jacques, le torse nu, venait de se faire épiler, et il passait, sur ses épaules et sa poitrine, une houppe ennuagée de poudre à la verveine. Un corset de satin noir, orné de rubans, attendait sur une chaise, en compagnie de bas de soie mauve très longs et de jarretières mousseuses.

André, malgré sa tristesse, ne put s'empêcher de sourire.

— C'est pour vous ces objets… féminins ?

— Certes ; j'ai toujours protesté, vous le savez, contre le sans-gêne et la laideur de nos vêtements d'hommes. Je donne le bon exemple.

— Qui le saura ?

Jacques, un peu interloqué, répondit finement :

— Mais... vous d'abord...

— Il ne faut pas compter sur moi pour la propagande... Je suis un sauvage, vous savez.

Chozelle haussa les épaules.

— Nous vous civiliserons... Tenez, un brouillard d'héliotrope blanc dans un nuage de Chypre, cela fait un mélange appréciable.

Il tourna le dos au poète qui dut presser l'ampoule de caoutchouc d'un vaporisateur et répandre la bruine parfumée sur les reins et les omoplates du Maître.

— Passez-moi cette chemise de linon mauve... Ah ! et ma chaînette d'or avec le talisman ; j'ai la manie des fétiches et des amulettes, vous savez !

André, machinalement, l'âme endeuillée, obéissait à Chozelle qui s'envoyait des baisers dans la glace, arrondissait le bras en levant le petit doigt d'un air précieux.

— Est-ce qu'il y aura des femmes ?... demanda le poète avec le vague désir de s'étourdir, de noyer dans d'autres ivresses le souvenir des ivresses défuntes.

Jacques se retourna avec indignation :

— Des femmes ?... c'est bien assez de les supporter au théâtre !... Vous ai-je jamais mené chez des femmes ?...

— Enfin, où allons-nous ?

— C'est vrai, il y a deux mois que vous m'avez quitté et vous ignorez tout de ma vie. Nous allons... Mais vous ne songez pas à m'accompagner dans cette tenue, je suppose ?

— J'ai pris une chambre près d'ici. Il me faudra dix minutes pour m'habiller.

— Allez donc, et soyez beau.

Chozelle conduisait André chez un ami de Defeuille, très luxueusement installé, qui donnait des soirées... esthétiques. La salle, où l'on introduisit les nouveaux venus, était entourée de divans bas avec, dans les angles, sur des piédestaux de marbre, des amours dorés tenant des gerbes électriques. D'autres amours, à genoux ou couchés, présentaient des corbeilles de fruits et de fleurs.

Sur des plateaux, étaient disposées des pipes et de minces pastilles verdâtres. Quelques fumeurs d'opium s'installaient déjà pour la fiction d'amour, l'oubli ou l'anéantissement.

Chauffant de longues aiguilles à la flamme d'une cire rose, qui brûlait auprès d'eux sur des guéridons, ils les introduisaient dans la pâte qui s'y fixait en boulette légère, puis garnissaient leur pipe d'argent. L'opium allumé grillait lentement, envoyant au plafond des nuages d'âcre fumée où se dessinaient les ombres des rêves évoqués.

André eut un mouvement de joie. Il pourrait donc se griser, oublier, noyer sa douleur dans la fiction morbide !

— Allons, Jacques, dit Defeuille, on n'attend plus que toi.

Chozelle serra des doigts, fit le tour de la salle en nommant

chaque invité, qui, paresseusement, lui rendit son étreinte. Les yeux meurtris avaient d'inquiétantes lueurs, les mains, chargées de bagues, s'agitaient dans une fiévreuse impatience. Le couple androgyne, un peu à l'écart, ne semblait vivre que pour lui-même. Une seule pipe servait aux deux extases, et les doigts entrelacés la portaient des lèvres de l'un aux lèvres de l'autre.

Il y avait là de tout jeunes gens, presque des enfants, qui avaient des regards curieux et effrayés, une expression de dégoût et d'orgueil, de crainte et d'audace. Leur tête bouclée, blonde ou brune, reposait sur les coussins de velours, les voix avaient une résonance étrange et les idées vagues, embrouillées, inquiétantes, gardaient cependant un charme destructeur.

La nonchalance perverse, la complication cruelle et froide de tous ces détraqués les troublaient réciproquement de passions et de désirs morbides.

Des enfants passèrent, jetèrent des pétales de roses dans des coupes de champagne qu'ils présentèrent aux assistants. André d'un trait vida la sienne, en demanda encore, l'âme angoissée et torturée d'amour.

— Petit ami, observa Jacques, je constate que vous êtes dans d'excellentes dispositions. Vous verrez qu'on ne s'ennuie point ici.

Des fumeurs s'agitaient sur les divans. Les regards des hallucinés scintillaient ou mouraient, les prunelles d'extase remontaient dans la nacre de l'œil, et, des gorges haletantes, s'échappaient parfois des soupirs. Les poitrines, sous les chemises de soie molle, se gonflaient, les bras s'écartaient comme pour saisir les ombres du rêve. Quelques dormeurs, aux traits crispés par une mystérieuse épouvante, semblaient des êtres de cauchemar, les figurants épuisés de quelque ronde macabre.

Les flammes des cires roses vacillaient sous les souffles fébriles, et il sembla à André que les amours dorés s'agitaient sur leurs piédestaux. Mais c'était certainement une hallucination produite par les premières bouffées d'opium qui lui montaient au cerveau. Il s'était étendu sur un divan et avait fait griller la pâte verdâtre, suivant l'exemple de ceux qui l'entouraient. Une douleur lui vrilla les tempes, il crut qu'un peu de terre lui montait sous la peau. L'impression était désagréable, il lui manquait l'accoutumance et une première nausée suivit son effort... Mais, l'alerte passée, il recommença, voulant s'étourdir à tout prix.

Il y avait là des jeunes gens de famille dévoyés, de jolis garçons sans scrupules, des malades, des fous et des malins, avides de réclame. Le mystère dont ces derniers s'entouraient, le mépris qu'ils affichaient pour les « bourgeois « et les femmes, leur faisait une auréole d'étrangeté, et, dans un pays où rien ne surprend plus, ils pouvaient gonfler « esthétiquement » le champignon vénéneux de leur âme.

Plus encore qu'au dîner de Defeuille les attitudes étaient libres et les mises d'une singularité incitatrice.

Chozelle, cependant, avait disparu avec une dizaine de jeunes gens. André restait en compagnie des fumeurs et de quelques chevaliers à la triste figure qui buvaient silencieusement. Une âcre fumée noyait les jets électriques qui n'éclairaient plus que comme de vagues quinquets dans un brouillard londonien.

Le poète ne savait plus ce qu'il y avait de réel dans ce décor, son imagination vagabondait dans les champs inquiétants du rêve. Il lui semblait que des prunelles de sortilège luisaient comme des charbons dans la nuit, et que les stryges et les empuses de Chozelle descendaient du plafond pour le baiser aux lèvres. Ces caresses avaient une saveur visqueuse et amère ; un dégoût lui soulevait le cœur. Les larves et les vampires, qui aiment le sang répandu et fuient le tranchant du glaive, peuplaient les ombres. Il se disait que ce n'étaient pas des esprits, mais des coagulations fluidiques qu'on pouvait diviser ou détruire, et tentait vainement de se lever pour les chasser. « Cependant, ajoutait-il mentalement, avec un reste de lucidité, la pensée humaine crée ce qu'elle imagine ; les fantômes de la superstition projettent leur difformité réelle dans les âmes et vivent des terreurs mêmes qui les enfantent. Ce géant noir qui étend ses ailes de l'Orient à l'Occident, ce monstre qui dévore les consciences, cette effrayante divinité de l'ignorance et de la peur, le Diable, en un mot, est encore, pour une immense multitude d'enfants de tous les âges, une affreuse réalité. »

À ce moment, il vit distinctement des ailes membraneuses, terminées par des griffes, palpiter au-dessus de lui, et un visage décharné, avec des orbites creuses et une bouche sans lèvres, se pencher sur le sien.

« Les hallucinations de l'opium, se dit-il, ne sont point folâtres. Tout ce qui surexcite la sensibilité conduit à la dépravation ou au crime ; les larmes appellent le sang ! Il en est des grandes émotions comme des liqueurs fortes : en faire un usage habituel, c'est en abuser. Or, tout abus des émotions pervertit le sens moral ; on les recherche pour elles-mêmes, on sacrifie tout pour se les procurer ; elles vous rongent le cœur et vous broient le crâne ! »

Il agita les bras pour éloigner un crapaud colossal, pustulé de rouge avec des yeux phosphorescents, qui venait de sauter sur sa poitrine. Pendant une minute il suffoqua, puis le monstre disparut.

Continuant à analyser ses impressions avec une clarté singulière, il reprit mentalement :

« On arrive à cette déplorable et irréparable absurdité de se suicider pour s'admirer et s'attendrir sur soi-même en se voyant mourir. Manfred, René, Lélia sont des types de perversité d'autant plus profonde qu'ils raisonnent leur maladif orgueil et poétisent leur démence. La lumière de la raison n'éclaire ni les choses insensibles, ni les yeux fermés, ou, du moins, elle ne les éclaire qu'au profit de ceux qui voient... Le mot de la Genèse : « Que la lumière se fasse ! » est le cri de victoire de l'intelligence triomphante des ténèbres. Ce mot est sublime, parce qu'il exprime la chose la plus belle du monde : la création de l'intelligence par elle-même. »

André, qui avait fermé les yeux, les rouvrit, et ses regards tombèrent sur un des amours porte-flambeaux. Était-ce encore une hallucination ?... Il vit distinctement l'enfant se mouvoir, accrocher les tulipes électriques au mur, et descendre de son piédestal en secouant la poudre d'or qui couvrait sa peau. Les autres amours en firent autant, et, se tenant par la main, menèrent une farandole autour des fumeurs.

Leur corps luisait sous la dorure, ils riaient, et, parfois se laissaient choir sur les divans…

André porta de nouveau la petite pipe à ses lèvres, et une fraîcheur descendit, courut dans ses veines. Il sentit un grand bien-être l'envahir, milles pensées nouvelles tourbillonner dans sa tête. Il fuma, fuma encore, puis il parla d'une voix trempée de larmes ; une sensibilité extraordinaire le prenait, comme si toutes ses autres sensations se fussent fondues, délayées dans une immense envie de pleurer.

Il voulut se lever, mais une douleur intolérable lui vrilla les tempes. Tout tournait autour de lui, les tables, les buveurs, les amours qui soupiraient sur un lit de roses et de poudre d'or. Des spectres s'agitaient et ricanaient. Alors il entendit sa voix qui avait un son de cloche fêlée, et il ne comprit pas de quoi il parlait. Il se dédoublait de plus en plus, son être pensant et raisonnable assistait muet, bâillonné, confus, à la déchéance de l'autre.

Les portes s'ouvrirent toutes grandes, et il vit encore s'avancer Chozelle, habillé en femme, et montrant, sous une jupe courte, ses bas de soie mauve. D'autres hommes suivaient dans un travestissement analogue, faisant bouffer des corsages de gaze sur des poitrines plates, arrondissant en minaudant des bras aux biceps de lutteurs, et se trémoussant comme des gitanas voluptueuses.

C'en était trop ! André fut pris d'un rire frénétique, inextinguible, puis tout s'abolit en lui…

# XXII

## Les Quat z'Arts

La fée de l'opium est une maîtresse qui se refuse d'abord, et qui, bientôt, prodigue à ses amants ses plus enivrantes caresses. Le poète, presque chaque jour, son travail terminé, se plongeait dans la griserie hallucinante. Ainsi, ses nuits peuplées de fantômes n'avaient pas l'amertume banale de la réalité. Il vivait double, caressant en songe une Fiamette souriante et fidèle, qui ne lui marchandait pas ses baisers, mettait son âme sur sa bouche pour la lui offrir, comme une fleur dans une coupe virginale qu'aucune lèvre n'avait frôlée.

Mais les nerfs du jeune homme s'exacerbaient à ce jeu ; il avait de continuels vertiges, se raidissait dans la rue, afin de garder une démarche ferme, et parfois, à la dérobée, s'appuyait aux murs pour reprendre ses forces. Sa mémoire, jadis merveilleuse, avait des lacunes ; il lui fallait souvent une fatigante tension d'esprit pour se rappeler les choses les plus simples. Dans ces dispositions, il résistait vaguement aux caprices de Jacques dont les exigences prenaient un caractère de plus en plus agressif.

Ils s'en allaient à l'aventure, alors que les rayons du soleil, comme des baudriers d'or, bandaient les rues étroites des quartiers de vice et de misère. Ils longeaient des boutiques sordides, des boucheries noires de sang coagulé où des quartiers de viande pendaient à des crocs de fer avec des foies et des cœurs de bœufs aux grosses artères bleues saillantes. Sur leur tête tombait l'eau des pots de fleurs, et des « Jenny l'ouvrière », penchées aux mansardes, riaient en les voyant se secouer comme des caniches, sous le jet trop impétueux de leur arrosoir.

Mais Jacques accueillait sans aménité ces fantaisies féminines, et il fuyait vers des antres de misères plus discrets, s'éclipsait derrière la porte entre-bâillée de quelque bouge, tandis qu'André continuait son chemin au hasard, cherchant, il ne savait quoi : de l'apaisement ou de la douleur, des visions d'idylle ou de meurtre.

Dans les moulins montmartrois, Pascal tentait d'étourdir son jeune ami, lui montrant des mascarades à la Gavarni, des étalages de femmes à prendre ou à vendre. Sur des charrettes, décorées de fleurs et d'oriflammes, s'éboulaient les chairs nues, comme en des éventaires offerts à la curiosité des amateurs de friandises pimentées. Les cortèges de Bacchus et de Pan neurasthéniques s'essoufflaient derrière les belles filles rieuses, et un vent de démence faisait osciller les plumes des chefs barbares et des Lohengrin de féerie, au milieu de la foule ivre de cris et de fauves odeurs.

Des fusées de rires montaient si haut, que l'orchestre s'arrêtait, parfois, perdant le ton et la mesure.

Romains aux bras nus, au torse orgueilleux, esclaves à la démarche empêtrée de chaînes, aux mains liées ; tourmenteurs brandissant des pinces, des brodequins et des ciseaux de torture. Hindous, vêtus de blanc, Talapoins coiffés de cordelettes, belles Fatmas tintinnabulantes de bijoux barbares se livraient à d'épileptiques trémoussements, en attendant le défilé principal. Sous la lumière crue des tulipes électriques passaient toutes les névroses de la fête parisienne aux suprêmes maquillages.

Comme aux *Folies-Perverses*, les couples androgynes circulaient enlacés, et, dans l'effacement presque naturel des sexes, la pensée des anomalies inquiétantes s'implantait de plus en plus.

Les journalistes prenaient des notes, cueillaient des publicités fructueuses ; les demi-mondaines montraient leurs joyaux, plus affolées de réclames que d'hommages. Seuls, les artistes et les modèles s'amusaient réellement, sans pose, heureux de leur succès bien gagné. Et il y avait là, vraiment, tout un bouquet de jolies filles, aux membres fins, aux seins offerts en coupe de volupté.

— Faites votre choix, disait Pascal, la vie est courte, et vous êtes encore assez jeune pour être aimé pour vous-même. Je vois des regards fixés sur vous, ils ne sont point farouches !... Si vous vouliez !...

— Non, soupirait André, je n'ai point le cœur au plaisir...

— Bah ! essayez toujours.

— Je ne saurais que dire ! Les paroles d'amour se glacent sur mes lèvres...

— On vous en aimera davantage, beau dédaigneux !

— Ne vaut-il pas mieux aimer que d'être aimé ?...

— Peuh !... Voilà de bien grands mots pour peu de chose !... Une heure de douce étreinte n'engage à rien. On boit à la coupe de chair comme à la coupe de cristal, un peu d'amontillado quand on a soif, et l'on s'endort sans regret.

« Il n'est point question ici de sentiment, et les petites aux seins roidis qui vous offrent le vin d'amour, ne désirent point que vous leur donniez votre âme en échange. Elles n'en sauraient que faire, les pauvres !

— Je crois, ami, que vous vous trompez. La femme demande encore plus de tendresses que de caresses, et son rire est toujours près des pleurs.

— Poète, va !

— Peut-être... et plus encore aujourd'hui qu'hier, parce que je suis plus malheureux !

Pascal haussait les épaules.

— Retourne donc auprès de ta Fiamette !

— Non. Je ne veux pas, je ne peux pas !

— Parce que tu l'aimes trop. Quand je te disais que l'amour ne fait faire que des bêtises !

Les travées de la grande salle du *Moulin-Bleu* avaient été converties en loges décorées de façon bizarre et charmante. Les femmes sortaient des gerbes fleuries, montrant un coin de leur nudité et les corolles des roses se mêlaient aux corolles des seins appelant les papillons du baiser.

À minuit s'organisait le cortège où se trouvaient représentées : la Gaule, l'Égypte, l'Inde, l'Assyrie, la Perse, la Phénicie, etc. Les temps préhistoriques étaient rendus avec une heureuse abondance d'imagination, une fantaisie ironique ou attendrie toujours inattendue. Il y avait là des bûchers hindous, entourés de bayadères aux langoutis de gaze, de pleureuses tragiques, de brahmes sacrificateurs.

Des maisons égyptiennes, des bateaux de fleurs, des guinguettes galantes, des palais byzantins, des grottes préhistoriques offraient des femmes de toutes les couleurs, également vendeuses de volupté.

Le Moloch de Salammbô se dressait dans un coin, gigantesque, terrifiant, et des bruits légers de baisers partaient des niches où les dieux de carton levaient leurs bras meurtris. Les prêtresses d'amour, toujours prêtes aux doux sacrifices, n'avaient d'ailleurs que leurs joyaux à déranger pour offrir leur chair aux caresses.

Un jeune homme, d'une beauté presque surnaturelle, conduisait le taureau phénicien, et les filles de joie lui jetaient des fleurs, mendiant un regard de ses yeux de velours fauve.

André ne pouvait s'empêcher d'admirer l'arrangement harmonieux de toutes choses, et si l'amoureux souffrait toujours, l'artiste, épris de belles formes et de beaux décors, éprouvait un secret contentement. Il ne l'avouait pas, pourtant, redoutant le sourire sceptique de Pascal, ses consolations un peu humiliantes d'homme blasé sur les promesses et les déceptions du cœur.

— Vois-tu, disait l'artiste, celui qui aime est semblable au supplicié qui tourne sur cette roue. Chaque tour prévu ramène les mêmes tortures. L'amour est toujours pareil à lui-même, et il ne pardonne pas à ses victimes !

Il montrait, sur un char précédé de barbares, vêtus de peaux de bêtes, une énorme roue, armée de lames d'acier pour déchiqueter les corps. Tout autour gémissaient les condamnés chargés de chaînes. Deux souples jeunes filles agitaient, dans les flammes, les flammes de leur chevelure, et des têtes de vierges, fraîchement coupées, ouvraient au bout des piques d'or leurs yeux langoureux. Un Bouddha, à cheval sur une grenouille, terminait le cortège.

Pascal avait entraîné André au souper. Installé à côté d'une mignonne fillette d'une quinzaine d'années, il s'était effroyablement grisé, et ne savait de quelle façon il était rentré chez lui. Un doux son de voix seulement lui restait dans l'oreille, et il avait retrouvé, dans une poche de sa défroque carnavalesque, un pavot rouge semblable à celui que la petite portait dans ses cheveux.

# XXIII

### Le Cabaret de la Coccinelle

Vers cette époque, il arriva au disciple une fort regrettable aventure.

Jacques avait coutume de se rendre dans un endroit mystérieux, élégamment pervers, dont il ne parlait qu'à voix basse avec des mines effarouchées et glorieuses d'un fort plaisant effet.

Il existe à Paris bon nombre de ces établissements équivoques, que la police tolère parce que de grands personnages y fréquentent, et que le scandale d'une arrestation aurait un gros retentissement. Les descentes de justice ne se font donc habituellement que dans les maisons de second ordre dont la clientèle plus modeste ne saurait protester.

Au dehors, rien ne dénonce les séductions spéciales du lieu. D'honnêtes devantures montrent, à travers des rideaux transparents, quelques rangées de tables et un comptoir où trône une dame mûre, — la seule de l'endroit. — De pâles esthètes dégustent des vins âpres, couleur d'acajou ou d'améthyste, en causant posément de choses et d'autres. Au fond, une porte feutrée, qui retombe d'elle-même, donne sur un salon luxueux et barbare qui rappelle celui de toutes les vendeuses d'amour.

Point de jolies femmes, hélas ! mais un parterre d'une cocasserie spéciale. Les types anglais surtout y foisonnent, étalant des dégaines de longs clergymen enredingotés, avec des souliers vernis et des bagues à chatons importants à tous les doigts. Il y a aussi des mufles agressifs de dogues, aux oreilles sans ourlet, aux babouines surprenantes, des êtres flasques aux yeux injectés et idiots, des mines d'éventreurs, de rastas et de fous. Certains se font déboucher d'explosifs sodas, d'autres, par petits groupes, boivent du Rœderer et du Mumm

éthérisés en se chuchotant de timides confidences, comme dans une chapelle.

À minuit, la fête commence et le programme ne varie guère. Comme chez Defeuille et ses amis, les interprètes de ces comédies… de salon, s'affublent de robes féminines, mettent des perruques abondamment bouclées, aux reflets d'or ou de flamme, se frottent de céruse, d'huiles et de baumes aux effluences subtiles pour se donner l'illusion de ce que précisément ils méprisent ! De très jeunes gens ressemblent vraiment à des femmes, et ce sont les plus entourés, les plus choyés, ceux qui ont presque le droit de s'enorgueillir de leur taille frêle et de leurs grand yeux cernés.

André, plein de résignation, laçait le corset du Maître, attachait ses jarretelles de satin mauve et fixait des coussinets de verveine à tous les creux inutiles de son armature féminine.

Jacques allongeait les bras, prenait des attitudes, se souriait dans un grand miroir à trois faces où il se voyait généreusement.

— Suis-je à mon avantage, ce soir ? demandait-il, en se pinçant le bout de l'oreille, après s'être passé un doigt humide sur les sourcils pour en enlever la veloutine.

— Vous êtes plein de séduction, cher Maître.

— Pourquoi, mon enfant, ne voulez-vous pas être des nôtres ?…

— Je ne sais, murmurait le jeune homme, avec une discrète ironie : je n'ai pas la vocation.

— Hélas ! malgré mes leçons, je n'ai point trouvé en vous l'élève docile que je cherchais. Vous n'avez point l'âme des androgynes divins qui seuls apportent quelque charme à la vie !... Si encore vous étiez un compagnon fidèle, un disciple soumis et compréhensif !

André, résigné, ne ripostait pas, le front douloureux, la pensée vague, presque toujours embrumée par l'abus des narcotiques, et Jacques s'attendrissait.

— Il serait si doux, pourtant, de n'être qu'un, de n'exister que pour cette ardente union du cœur et de l'âme !... Tiens, le scarabée de cette fibule m'égratigne et cette baleine m'entre dans les côtes...

— Oui, Maître.

— Ce soir, je suis plus et mieux que ton Maître, je suis... Mais pourquoi cette face de carême ?... Es-tu malade ?...

— En effet...

Et le jeune homme, plus blafard que la pâte de céruse qui couvrait les joues de Jacques, se laissait tomber dans un fauteuil, éprouvant comme un choc au cœur, suivi d'un décrochement de machine mal graissée.

— Qu'as-tu donc ?...

— Si vous le permettez, ce soir, je resterai chez moi ?...

— Non pas, je désire que tu viennes, pour que je puisse m'appuyer à ton épaule et mirer mes prunelles dans les tiennes. Tu m'inspireras quelques vers harmonieux sur la grandeur de notre mission esthétique, absolument supérieure ! Tiens, prends mes vêtements, et mets dans tes cheveux de cette poudre d'or !

André avait donc connu, après tant d'autres réunions nostalgiques, les rendez-vous de la *Coccinelle*, l'honnête cabaret à devanture banalement provinciale. Il avait, dans une hébétude élégante, assisté aux tournois galants des chevaliers fleuris ; puis, grisé de vins poivrés, mêlés d'extraits de tubéreuse et d'acacia, l'âme chavirée toujours par ses rêves opiacés, il avait perdu la notion du temps. De vieilles lectures lui revenaient ; surtout celles où Pétrone raconte dans les chapitres du *Satyricon*, la vie débauchée de Rome. Les pourceaux, couronnés de myrtes et de roses, avaient les mêmes curiosités, les ruts étranges de nos énervés parisiens. Dans les maisons hospitalières, ouvertes aux passants d'amour, on entrevoyait, entre des écriteaux, des nudités indécises, des accouplements brefs aux accords d'une musique barbare. C'étaient d'inquiétants incubes aux lourds oripeaux de courtisanes, plâtrés de blanc gras, frisés et parfumés, des êtres insexués, dodus et maladifs, aux larges yeux vides cernés de kohl.

Ces scènes, découpées dans le vif des mœurs d'alors, étaient à peu près les mêmes que celles qui se jouaient là mesquinement pour quelques initiés.

Joies frelatées de Sodome, désirs irréalisables de voluptés neuves, dégoût d'une civilisation décrépite, inconscience du vice devenu nécessité, toutes les aberrations de notre littérature moderne se trouvent dans le *Satyricon*, et André s'en remémorait les alliciantes débauches, les érudites hystéries.

Dans son sommeil, il voyait maintenant de singulières choses : Un trône élevé se dressait devant lui, émaillé de briques polychromes, incrusté de béryls et d'opales. Sur les degrés se traînaient des adolescents aux formes nues, imprécises, aux membres fins sertis de joyaux, et Jacques, assis sur le large siège, les caressait, tour à tour, puis les égorgeait lentement sans qu'un muscle de son visage tressaillît. Du sang dégouttait des marches, les corps, dans un spasme bref, roulaient les uns sur les autres.

Le teint jaune, parcheminé, strié de rides, le regard figé dans une cruauté froide, Chozelle se rougissait les mains à cette besogne de boucher, s'attardait aux attouchements tièdes, dans la joie perverse de ces agonies qu'il avait voulues.

Puis, ce furent d'autres scènes, des danses lascives de jeunes hommes nus, dont les reins ondulaient sous les ceintures de sardoines et d'émeraudes, dont les colliers crachaient des étincelles, grouillaient sur les poitrines plates comme des caméléons de flammes.

Et un hermaphrodite se détachait du groupe, étalait ses membres pâles, d'une beauté parfaite, mimait les danses de Salomé devant Hérode. André croyait voir Fiamette, mais une Fiamette mutilée, étrange, vengeresse.

Ce n'était pas seulement la danseuse pâmée qui ranime les sens d'un vieillard par ses soupirs et sa chair moite, frissonnante de luxure, c'était le Péché même, corolle adorable, hybride et vénéneuse se gonflant pour l'anéantissement d'une race !

Fiamette, car c'était elle, montait les marches du trône, se courbait sur le Tétrarque, lui offrait ses seins à peine sortis dont le bout saignait, et le couple enlacé disparaissait dans les flocons de brume, puis s'envolait, se perdait dans le plafond, tandis qu'André poussait un cri de rage.

Et d'autres hallucinations, après un moment d'angoisse, peuplaient son demi-sommeil.

De temps à autre, il sortait de ses cauchemars, anéanti, brisé, la pensée chavirée dans l'épouvante, et il entendait, au-dessus du bruit des chambres mal closes, le choc sourd, régulier et fiévreux des artères qui lui battaient follement sous la peau du cou.

— André, je t'assure que cette perruque rousse t'ira à ravir et que cette ceinture de péridots, à scarabée d'émail, s'agrafera sans peine à tes reins. Tu nous chanteras d'une voix douce les mélopées d'amour que je t'ai enseignées. Veux-tu ?...

— Laisse-le donc ; ne vois-tu pas qu'il est ivre à ne pouvoir nous entendre ?...

— Alors, passons-lui nous-mêmes ces voiles lamés d'or.

Jacques prit André dans ses bras, et le disciple, continuant son rêve, se laissa dévêtir sans résistance. Il entendait confusément, sous les pluies de fleurs qui le submergeaient, les plaintes légères des flûtes syrinx aux tympanons tendus de peaux de brebis ; le déchaînement des sistres de fer et d'ivoire, et se croyait à une orgie romaine dont les jeux se déployaient dans des coulées de vin et de sang.

Il était Héliogobale, et les Prêtres du Soleil dansaient devant le symbole obscène de la Pierre-Noire, brandissant des torches dont les gouttes parfumées tombaient autour de lui.

Il ne se refusait pas aux adorations, conscient de son rôle auguste, et souriait, tandis que tout un peuple se prosternait, attendant une parole de ses lèvres peintes.

Les prêtres de Cybèle le baisaient au coin des lèvres, l'invitant à prendre part à la fête de la Nature voluptueuse. Il était étendus sur un lit très bas, en forme de gondole, la poitrine et les jambes nues, avec une perruque frisottée qui lui recouvrait le front.

Des cassolettes brûlaient à ses côtés, et il faisait rouler entre ses doigts les grains roses d'un collier de corail. Ses yeux s'emplissaient d'un mirage incessant, il respirait de chaudes bouffées aromatiques qui exaspéraient ses désirs, et il se sentait procréé pour l'avènement de l'androgyne intermédiaire de la femme et de l'homme — le triomphe définitif du principe de la vie. — Il pensait avoir les deux sexes, et se réjouissait à l'idée de s'engendrer lui-même dans la gloire de sa toute-puissance.

Pourtant, des bras se tendaient vers lui, suppliants ; s'il dédaignait les caresses, il ne les repoussait pas, généreux dans son triomphe, et ses regards hallucinés se perdaient dans un tumulte de soies chatoyantes et de pierreries où rosissaient des coins de chair.

Jacques se penchait sur lui, enlaçait ses épaules, de plus en plus étroitement, tandis qu'un esclave les éventait d'un large flabellum.

Et c'était une douceur que le disciple n'eût point osé soupçonner. Sa pensée flottait au hasard ; il n'imaginait plus d'autres délices.

— Mon enfant d'élection, disait Jacques, combien je suis frémissant à te sentir là, sans révolte en mon pouvoir. Tu as

enfin compris le but de ton existence, le mystère de ta destinée, et rien désormais ne nous séparera !

Il ne cessait de baiser ses yeux, de s'enlacer à lui, de palper son corps en un élan nerveux, semblable à une crise délirante.

L'esclave, plus mollement, agitait le flabellum dans l'air épaissi, et les cires d'or laissaient tomber leurs larmes brûlantes sur les tuniques blanches des prêtres de Cybèle, agenouillés comme pour un sacrifice.

Docile, André se laissait manier ; puis, il y eut du bruit dans les couloirs ; les assistants remontèrent soudain au plafond et tout disparut dans des flots de brumes.

Le disciple reprit connaissance sous un poing rude qui le frappait, et une voix inconnue lui enjoignit de reprendre ses vêtements que des hommes lui jetèrent avec dédain.

Il s'habilla, sans comprendre, comme dans un rêve. Ce n'est que plus tard qu'il sut qu'une descente de police avait troublé cette fête esthétique du cabaret de la *Coccinelle*.

Il fut incarcéré avec le propriétaire de l'établissement, mais, grâce à l'influence de Chozelle, il ne subit que quelques jours de prison.

# XXIV

## La Petite Pierreuse

André recommença à parcourir les bouges de Paris, les cabarets borgnes du bord de l'eau, les terrains louches des constructions lointaines, les quartiers suburbains, noirs de peuple et de misère.

Jacques prétendait faire là de curieuses rencontres, et préférer le vice pimenté des faubourgs aux perversions classiques et un peu fades de son ami Defeuille.

Il touchait des mains calleuses aux ongles bruns, aux doigts spatulés, aux poils rudes, il souriait à des visages de crime cupide aux expressions bassement féroces, et tout ce qu'il y avait de vil et de grossier au fond de sa nature se délectait à ces fréquentations.

Parfois, ils arrivaient en pleine bataille. Les buveurs faisaient cercle autour des combattants, qui, l'écume aux lèvres, les yeux striés de pourpre, se ruaient à la mort avec des cris de bêtes. On riait autour d'eux, on les excitait de la voix et du geste, protestant ou applaudissant selon la valeur des coups. Une oreille, un lambeau de chair saignait souvent aux dents du plus féroce, et les couteaux, retournés dans les plaies, en sortaient des sanies rouges.

Quand la police n'intervenait pas, le combat ne cessait qu'à la chute de l'un des hommes, et l'on voyait le vainqueur se relever, les mains gluantes, essuyer à sa chemise son couteau de boucher.

Peu de femmes dans ces bouges immondes. Jacques visitait les maisons spéciales que les vendeuses d'amour évitent, sachant que leurs charmes n'y seraient point goûtés. Tout au plus, de-ci, de-là, une pierreuse venait-elle y chercher son frère ou son fils, rarement son amant.

Chozelle offrait à boire aux plus beaux gars, et faisait son choix, tandis qu'André, à moitié assoupi sur un bout de table, songeait à Fiamette. Dans ses rares moments de lucidité, il se faisait horreur, et il lui semblait que chacune de ces nuits fiévreuses aggravait sa déchéance, le poussait irrémissiblement dans la voie honteuse. Une sorte de force suggestive dominait sa volonté, devenue flottante sous l'influence du poison, il subissait la torture quotidienne avec une résignation de malade.

Chozelle, dans sa lâcheté, craignait les aventures fâcheuses, et, s'il se faisait accompagner par son jeune disciple, c'était moins par amitié pour lui que pour être assuré, toujours, d'une protection efficace.

Parfois, en effet, un mâle jaloux ou rusé intervenait, crachait les plus horribles menaces ou proposait un arrangement. Et cela rappelait les coutumes et les agissements des souteneurs de barrière ; le bétail seul différait. Il est vrai que ces professeurs d'infamie recrutaient surtout des enfants ou des adolescents, et Jacques préférait les fruits mûrs aux primeurs.

Un jour, pourtant, le disciple s'était mis devant le Maître, et avait reçu un coup de poing dans la poitrine qui lui avait fait perdre la respiration. Il s'était retrouvé, accoté à un réverbère, et Jacques, à genoux devant lui, étanchait le sang qui sortait de son nez et de sa bouche.

Ces dangers plaisaient au poète, lui faisaient trouver un attrait morbide et une excuse à ces expéditions nocturnes. Il tâchait d'oublier son triste amour, et lorsqu'il avait assez de présence d'esprit, prenait des notes pour un roman de mœurs qu'il méditait.

Ainsi le temps passait ; il n'avait pas de nouvelles de sa maîtresse, et pensait pouvoir l'oublier. Malgré la tristesse de son cœur, il suivait d'un œil indulgent ces formes errantes, molles sous les oripeaux, qui battent les rues avec la démarche suspecte et furtive des bêtes, qui arrêtent les passants, humbles et prometteuses, fouillent l'ombre dans l'exaspération de leur poursuite acharnée. Et, tandis que Jacques se détournait avec mépris, André souriait avec douceur à ces créatures de joie, qui ne connaissent de la joie que le rire, à ces filles d'amour, qui de l'amour ne connaissent que le geste.

Pourtant, son être était douloureux de vouloir aimer et de n'avoir rien à aimer. Il sentait le froid que fait autour de l'âme une jeunesse stérile, une jeunesse déshéritée de protection tendre, de grâce câlineuse. Malgré lui, il s'attardait à se dépeindre le visage ardent et pur de Fiamette, les contours adorables de son corps. Il la revoyait dans sa robe de songe, égrenée de flammes, avec la pointe orgueilleuse de ses seins soulevant les mailles du gorgerin de perles.

Un soir, une fille prit sa main dans les ténèbres et l'entraîna, tandis que Jacques buvait avec ses amis de rencontre.

La petite comptait à peine quinze ans. Elle avait des membres fins, une chevelure superbe et des yeux de péridots qui lui enfiévraient la face. Ses hanches graciles ondulaient sous une jupe de drap rouge, un pavot artificiel saignait dans sa coiffure.

— Tu as l'air triste, dit-elle, viens !

Il sourit. Il avait reconnu la petite du Moulin-Bleu.

— Tu sais donc aimer ? Comment t'y prends-tu ?...

— Je berce les chagrins sur mon cœur comme je berçais mes poupées, il n'y a pas longtemps.

— Alors, tu as un cœur ?...

— Il paraît, et je souffre quand on est méchant pour moi.

— Depuis combien de temps fais-tu ce métier ?...

— Depuis deux ans, mais il ne faut pas le dire, parce que je n'ai pas l'âge...

— Alors, il est dangereux de te suivre ?...

— Oh ! toi, tu ne risques rien. C'est le grand Charles qui...

— Charles ?...

La petite se rengorgea.

— Oui, mon amant... Celui qui me fait travailler...

Tristement, André contemplait cette églantine du pavé, non flétrie encore, mais apâlie par les fatigues d'amour, les étreintes perverses.

— Et ce grand Charles... Tu l'aimes aussi ?...

Elle frissonna et répondit tout bas.
— Non.

— Alors pourquoi restes-tu avec lui ?...

— Parce que j'en ai peur...

— Il te bat ?...

— Souvent.

— Quand tu ne rapportes pas assez d'argent ?...

Elle baissa les yeux, fit mélancoliquement un signe affirmatif.

— Il faut te sauver, tâcher de te placer quelque part...

— J'y ai songé, dit-elle vivement, et tu m'aideras !

— Moi ?...

— Que veux-tu que je fasse toute seule ?... Je ne suis pas assez forte, et puis, je n'ai pas d'argent... Charles me prend tout ce qu'on me donne... Appelle-moi Zélie...

Comme André songeur considérait l'enfant, elle tâcha de nouveau de l'entraîner.

— Viens toujours avec moi, et, si je ne te plais pas, j'irai chercher ma sœur qui est une femme, déjà... Ma sœur Lucienne... Elle est très jolie...

Le jeune homme eut un pâle sourire mêlé de pitié et de dégoût. Mais une sorte de curiosité maladive l'entraîna.

— Puisque tu es gentille, dit-il, mène-moi chez toi.

— Faut-il chercher Lucienne ?

— Non, toi seulement.

Elle bondit joyeusement, et marcha devant pour le guider dans les ruelles sordides.

Son petit jupon rouge collait sur ses hanches, et ses superbes cheveux rutilaient lorsqu'un jet de flamme les caressait au passage. De temps à autre, elle tournait la tête pour voir si son amoureux la suivait toujours, et, rassurée, elle montrait dans un éclat de rire ses dents de jeune chat.

— Je suis heureuse ! heureuse !

Ils montèrent un escalier abominable, où se confondaient tous les relents de misère, et pénétrèrent dans une chambrette sans feu et sans tapis, meublée, seulement, d'un grand lit tendu d'andrinople, de quelques chaises et d'une commode, avec l'indispensable cuvette, flanquée d'un savon et d'une fiole d'eau de Lubin.

— Tu vois, ce n'est pas beau, chez moi, dit-elle, mais c'est tout ce que Charles m'a donné, et je n'ai jamais d'argent pour acheter des fleurs et d'autres jolies choses qui me feraient plaisir.

André prit une chaise, et la petite vint se frôler à ses jambes, l'embrassa, et, comme il restait songeur, s'assit sur ses genoux.

— Dis-moi pourquoi tu ne veux pas jouer avec moi, comme les autres ?...

Il regarda autour de lui.

— Nous sommes seuls, au moins ?...

— Oui, ils sont à boire chez le père Philippe.

— Charles et ta sœur ?...

— C'est toujours là qu'ils m'attendent. Ils ont dû nous voir passer...

— Ah !...

— Ils ne monteront pas, tu peux être tranquille.

André, le cœur serré, appuya sa joue à la joue de l'enfant et resta ainsi. Des larmes filtraient entre ses cils, et Zélie, gagnée par cette émotion, se mit à pleurer aussi, sur elle et sur lui, parce que c'était une bonne petite fille qui n'aurait point dû faire un tel métier.

— Alors, tu m'emmèneras ?...

Il soupira.

— Hélas ! je ne suis pas riche.

— Qu'est-ce que cela fait ! Je soignerai ton ménage, et tu ne t'occuperas plus de rien.

Il garda le silence, ne sachant comment s'y prendre pour enlever à la pauvrette ses illusions.

Elle s'était reculée, toute chagrine.

— Tu vois bien que je ne te plais pas... Tu m'avais mal vue, tout à l'heure, tu me croyais plus développée... Oh ! je suis un maigre régal !

— Non, Zélie, je te préfère comme tu es. Reste auprès de moi, embrasse-moi ainsi que tu embrasserais un camarade chéri. Je ne te demande qu'un peu d'affection... Tu seras ma petite amie, et je te récompenserai, tout de même, ajouta-t-il, en voyant un nuage d'inquiétude passer dans les yeux de l'enfant.

Il lui mit dans la main tout ce qu'il avait sur lui, et, comme elle hésitait, regardant les pièces blanches :

— C'est pour toi...

— Mais, je n'ai rien fait pour…

— Tu as fait suffisamment si tu m'aimes un peu !

— Oh ! oui, je t'aime !

En riant et pleurant, elle se jeta dans ses bras.

# XXV

## Cauchemars

André, un peu consolé, rejoignit Chozelle dans le cabaret louche où il l'avait laissé. Dès l'entrée, il remarqua un couple installé devant une bouteille de vin bleu, et il devina que cet homme et cette femme, qui l'examinaient d'un œil méfiant, devaient être les bourreaux de sa petite amie.

Lucienne avait une jupe rouge, comme sa sœur, et, dans les cheveux, un pavot semblable au sien, qui crépitait dans la lueur fumeuse des quinquets. Sans doute portaient-elles la même livrée pour mieux séduire le client, l'aguicher d'une promesse plus perverse.

Zélie ne ressemblait nullement à la créature de vice qui riait, à demi renversée sur les bancs de ce bouge infâme. Les yeux de l'enfant étaient pleins d'une douceur triste, tandis que ceux de la fille brillaient d'une flamme d'ivresse ou de crime, cherchaient, cruels et provocants, ceux des buveurs qui la coudoyaient.

— Rentre, pour voir ce qu'il a donné à la petite, fit le grand Charles à voix basse.

Mais Lucienne protesta.

— Elle viendra bien nous le dire.

— Savoir, c'est une fainéante… Et puis, un beau soir elle nous jouera la fille de l'air.

— Maigriotte et gnolle comme elle l'est !

— Une primeur. Il y a des vieux qui les préfèrent ainsi.

— Bah ! laisse-moi boire, on verra demain.

Le grand Charles serra les poings, tandis que la fille faisait claquer ses lèvres au bord du verre épais, renversait la tête voluptueusement :

— Boire et dormir, il n'y a que ça !

Mais Charles, qui dévisageait Chozelle depuis un moment, poussa le coude de sa compagne.

— Tâche donc d'empaumer l'autre.

Elle haussa les épaules.

— Rien à faire ! Tu ne vois donc pas ce que c'est que ce type-là ?… Tu ne l'as donc pas vu sortir, il y a deux jours, avec le Frisé ?…

Jacques emmenait le disciple, un peu gêné par le regard gouailleur de l'homme. Il était de mauvaise humeur, mécontent de lui et des autres, ayant perdu son temps. Aussi demanda-t-il, sans aménité :

— Où donc avez-vous couru, tandis que je m'attardais avec ces brutes ?…

André rougit.

— Je me suis senti souffrant, et j'ai pris l'air.

— Pendant deux heures !

— Deux heures ?… il me semblait que je ne marchais que depuis un moment.

— Je vois que le temps passe vite quand je n'y suis pas.

Le Maître avait encore beaucoup de choses sur le cœur, mais il dédaigna de se plaindre davantage, et se promit seulement d'exiger, pour le lendemain, un supplément de travail. Les œuvres d'André avaient du succès, et Jacques s'applaudissait de son heureux choix, sans pour cela laisser voir à l'élève une satisfaction imprudente. Il ne faut pas gâter le métier.

Lorsque les deux hommes ne sortaient pas, le Maître daignait donner quelques conseils, relever la fadeur d'un article par des mots amusants et rares, plaqués de-ci, de-là. Ainsi, toutes les productions d'André avaient un air de famille : le genre Chozelle, qui — clamaient les admirateurs — se reconnaissait dès la seconde ligne d'une chronique ou d'une nouvelle.

Jacques vivait des hommes, comme certains de ses confrères vivaient des femmes, et, chose bien typique, en ce temps de pourriture morale et de lutte homicide, il s'en faisait gloire, racontant ses bonnes fortunes, étalant ses vices au cercle, au théâtre, en plein boulevard. Tous, critiques, échotiers et soireux, encensaient son mérite, son originalité, le tour ingénieux et mordant de son esprit. Il y avait, pour le mettre en valeur, une apothéose d'épithètes que les petites femmes perverses se répétaient entre elles avec complaisance.

Vêtu de son habit de soirée, cravaté de blanc, Jacques, le soir, jetait un coup d'œil sur les gazettes alliciantes, tandis que le disciple, pelotonné devant la cheminée où brillait une plaque de cuivre rouge, chauffée par une invisible herse de gaz, rêvait tristement. Et sa vie était comme cette plaque ardente, d'un rouge criminel, sans la joie des flammes vagabondes, des flammes libres qui montent au gré de leur caprice et crépitent follement comme des cigales d'amour ! Sa vie était fiévreuse sans but ; elle brûlait sinistrement sans espoir, sans tendresse, inutile et factice.

Tandis qu'il songeait, la joue appuyée au marbre tiède, Chozelle, qui lisait, avait des exclamations approbatives pour quelques éloges qui caressaient plus particulièrement sa vanité d'auteur.

— J'ai tout de même de la chance ! disait-il.

— Certes, souriait le poète avec une ironie lasse.

— Que de gens de talent luttent sans pouvoir réussir, passent leur temps à souhaiter d'impossibles revanches ! Vous, par exemple, mon ami…

— Hélas !

Et, dans une franchise cruelle, Jacques poursuivait, avec un besoin de torturer les nerfs d'autrui qui lui procurait de délicates jouissances, des sensations d'artiste, comme il disait :

— Ainsi, ces chroniques, signées par vous, n'auraient aucun succès, et je vous défie bien de les placer dans un journal ! C'est que, voyez-vous, il ne suffit pas d'avoir du talent pour réussir ; dans notre métier, c'est l'enseigne qui attire le client. Imposez ou achetez une bonne enseigne, soyez adroit ou riche, tout est là.

La cueillette de gloire finie, le Maître s'étendait dans sa bergère de soie verte et ne tardait pas à s'endormir, tandis que le jeune homme, s'approchant de la fenêtre, contemplait, sous le ciel métallique chargé de neige, les toits d'un hôtel voisin où palpitaient de gros flocons comme les plumes blanches d'un éventail, agité par quelque invisible main… Mais, il avait là, toujours prête, sa pipe d'opium, et, fébrilement, il chauffait la pâte d'oubli, s'installait, tirait quelques bouffées libératrices. Peu à peu, le décor changeait, les murs vacillaient : Chozelle remontait au plafond comme un bonhomme peint sur une toile qu'on tire. Des nuages de brume se déroulaient, ainsi que ces anneaux noirs qui, à la fin des feux d'artifice, brouillent les trajectoires des fusées ; puis, tout se dissipait, et l'atelier de Pascal apparaissait lumineux comme à la soirée des confetti. Deux à deux les modèles circulaient, presque nus sous leurs joyaux, étalaient des épaules blanches, des croupes rebondissantes sous la cambrure des reins, des jambes nerveuses, gantées de soie noire, aux fléchettes brodées de nuances vives, aux fleurs jetées comme des baisers le long des chevilles : des baisers grimpants en semis de clématites et de roses.

Nora, la taille prise dans sa ceinture à cabochons glauques, bondit comme un clown, pirouette et se désarticule, une jambe de-ci, une jambe de-là. Puis, sans s'aider des mains, se redresse, et, du bout de son pied mignon, fait sauter une coupe de champagne que Chozelle portait à ses lèvres. La voici, les jambes en l'air, tournant comme un scarabée d'or enfermé dans une boîte ; elle s'étire et se ploie, devient couleuvre, passe sa tête entre ses jambes, tire une langue moqueuse à l'assistance ; et, soudain, ses traits se contractent, ses yeux s'agrandissent, se creusent, reculent au fond des orbites, sa chair se décompose et se dessèche. C'est un squelette qui saute au bout d'une ficelle !

Les couples passent ; Cythère et Lesbos, les prunelles fumeuses, les lèvres meurtries, sourient vaguement dans une hébétude d'étreintes et de baisers. Voici les fœtusards du chic et du chèque, les chevaliers de marque et de contremarque, les éthéromanes verlibristes, les ataxiques aux jambes de coton, aux moelles fondues, tous les gavés et tous les meurt-de-faim, aussi livides les uns que les autres et pareillement macabres !

Des filles rousses, brunes et blondes, montrent leurs aisselles où brille un peu de sueur en rosée de diamants ; une odeur musquée de peau et de fourrure exalte les sens, met dans les yeux des hommes des lueurs de convoitise.

Les gouges de volupté se prennent par la main pour une ronde folle autour d'une nouvelle venue qui fait pâlir les plus fameuses : C'est Fiamette, tanagréenne, irréelle, dans son corselet à cabochons de saphirs qui tremblent en pétillant sur sa chair, remués par la hâte des seins.

André se voit lui-même auprès de sa maîtresse, il est morose et ne répond pas à ses mines enjôleuses, à ses baisers. Alors, elle s'éloigne, laisse tomber le réseau de pierreries qui la couvre, apparaît sans voile sous le regard en arrêt des hommes. Tous, tremblants de désirs, la détaillent, scrutent le mystère de ses flancs et l'émoi de ses attitudes. Tous la veulent, jugeant sa beauté indéfectible, et se jettent sur elle dans une frénésie soudaine.

André, le cœur battant à grands coups sonores, fait de vains efforts pour se lever, arrêter la curée d'amour dont le souffle rauque gronde à ses oreilles. Il supplie, pleure, se tord, impuissant, tandis que la meute affamée passe sur le corps de Fiamette, se repaît de sa chair liliale.

Par moments, il aperçoit la couronne rose de ses seins, l'étoile fleurie de son ventre, et devine une autre fleur que tous peuvent cueillir, excepté lui.

Le songe d'opium devient cauchemar. Ses muscles se contractent, les battements de son cœur s'accélèrent, et, dans une frénésie de rage, il se dresse, enfin, décroche une arme, au hasard, sur les murs de l'atelier, et, bondissant dans le tas des mâles en rut, frappe ces faces de luxure, ces gorges hoquetantes de soupirs voluptueux, plonge ses mains dans le sang des poitrines et des ventres, puis s'évanouit sur le corps de Fiamette…

Lorsque le jeune homme reprenait ses sens, il était mortellement las et des tics bizarres parcouraient sa face. Le poison, lentement, agissait sur son organisation, exaspérant ses nerfs, détraquant sa santé, déjà éprouvée par les veilles et les privations.

# XXVI

## Zélie danse

Au cabaret du père Philippe, André retrouvait sa petite amie ; le plus souvent, elle l'attendait à la porte pour ne pas éveiller l'attention de Jacques, et, bien vite, l'emmenait chez elle, lui racontait ses projets, se confiait à lui, comme à un frère aîné très tendre. Elle ne voulait plus rester avec Lucienne et le grand Charles, c'était bien décidé ; placée dans une maison de modes, par les soins d'André Flavien, elle travaillerait, saurait reconquérir le respect des gens. Est-ce que tout ne s'efface point à son âge ?... Le jeune homme souriait à ce gazouillis de fauvette, se sentait meilleur auprès de cette petite âme gentille et fraîche, malgré les ignominies de l'entourage.

À Zélie, également, il avait raconté le passé, et comment il avait quitté sa maîtresse, qui prétendait le faire vivre avec l'argent des autres. Il avait fui, plein de honte et d'indignation ; cependant, son cœur souffrait toujours, ses lèvres gardaient l'empreinte des anciens baisers, et ne sauraient point trouver de saveur aux caresses nouvelles. Un envoûtement de souvenirs l'attachait à l'amie indigne qu'il adorait et maudissait, tour à tour.

— Et tu as quitté ton nid d'amour ?…

— Il le fallait bien.

— Pourquoi ?

— Parce que… parce que… tu ne comprendrais pas, petite Zélie, si je te le disais.

— Ah !… Comment était-ce chez toi ?

— Banal, pour les autres, sans doute, adorable pour mon cœur d'amant… De la mousse et des fleurs… Juste la place de nos deux tendresses…

— Tu retrouveras ta Fiamette.

— Jamais !

— Bah ! on s'imagine que tout est fini, et puis, tout recommence. La tristesse s'enfuit comme la joie… On est malheureux un jour et consolé le lendemain, sans savoir comment ça s'est fait… Parfois j'ai envie de me tuer, puis, le soir, je danse comme une folle, et la vie me semble bien amusante.

— Tu n'es encore qu'une petite fille, Zélie ; plus tard les chagrins te laisseront une empreinte plus profonde.

— Tu crois ?... Dans tous les cas, parle-moi d'Elle, ça me fait plaisir, parce que je sens que ça te console.

Et le poète disait tout de sa vie et de celle de sa maîtresse, sachant bien que la petite amie qui l'écoutait ne le trahirait pas, enfermerait en elle, comme en un tabernacle, le saint ciboire de son amour défunt.

— Mais, maintenant, vois-tu, je veux que tu m'aides à oublier ce passé dont le souvenir me fait trop de mal !

Et Zélie qui, déjà était femme, essayait de le guérir avec des moyens de femme. N'ayant à offrir que son frêle corps d'amour, elle l'offrait ingénument, lui disant que cela ne tirait pas à conséquence, qu'elle se résignerait à n'être qu'un petit animal de joie, sans espoir de bonheur. Elle ne voulait rien que consoler, semer un peu d'oubli dans de brèves minutes.

Il ne répondait pas, l'âme lointaine, et elle s'agenouillait à ses pieds, faisait ses mains prisonnières, et, le regardant de ses grands yeux purs, lui demandait pourquoi il ne voulait pas.

— Qu'est-ce que cela fait, puisque tu me quitteras tout de suite après ?

Et lui, pour l'éloigner, trouvait des arguments :

— Si je te prenais, je ne t'aimerais plus.

— Je ne désire pas que tu m'aimes, puisque je t'aime pour deux. Prends seulement du plaisir, cela calmera ton cœur.

— Non, Zélie, il ne faut pas. Je suis bien ainsi, mon esprit est confiant. Il me semble que je respire dans un bois de roses, après avoir traversé les plaines fiévreuses et les marais pestilentiels qui donnent la malaria.

Elle secouait la tête, en riant, et, pour le distraire, essayait

quand même d'éveiller ses convoitises, n'ayant pas d'autre

félicité à lui offrir. D'une main impatiente, elle enlevait les épingles de sa coiffure, secouait le pavot rouge qui glissait à ses pieds comme une fleur de meurtre agonisante et maléfique, une fleur de honte qui disait son métier, attirait sur elle l'attention des chercheurs de baisers, au détour des rues. Sa libre chevelure l'enveloppait alors comme une fourrure tiède, magnétique, où il plongeait doucement son front.

Elle savait des danses, aussi, des danses perverses et naïves, que Lucienne, retroussant ses jupes, lui avait enseignées. Comme elle, pinçant son jupon écarlate, elle levait la jambe, pivotait sur le bout d'un pied, et, les doigts écartés, passait sur son mollet grêle un imaginaire archet de violon. Ses gestes, inconsciemment précis, appelaient l'étreinte brutale, l'étreinte du mâle sans simagrées d'amour.

Elle était gracieuse, pourtant, dans ses danses vulgaires et d'une certaine adresse. Le grand Charles, d'ailleurs, pour l'assouplir, l'avait mise contre un mur, la jambe en l'air, et, chaque jour, recommençant l'exercice, poussait davantage, faisant craquer les os, jusqu'à la ligne droite, jusqu'à la dislocation complète.

Dans certains établissements suburbains on faisait cercle autour d'eux pour les voir se trémousser à la lueur des quinquets. Charles n'avait pas son pareil pour le grand écart. Il se relevait d'un seul coup, avec une souplesse de clown, et son imagination perverse lui suggérait des figures nouvelles que ses rivaux s'empressaient de copier.

Lucienne s'agitait auprès de Zélie, l'enlaçait, tourbillonnait avec elle, plus lascive, plus impudique, plus endiablée, et leurs robes écarlates faisaient comme des taches de sang dans l'air épaissi des bouges.

Délaissant le saladier de vin bleu et le punch aux flammes serpentines, les buveurs applaudissaient, réclamaient des danses plus véhémentes.

Et c'étaient ces poses de possédées d'amour que Zélie essayait devant André, moins pour le conquérir que pour le distraire, heureuse quand son effort amenait un sourire sur les lèvres du poète.

— Ah ! disait-il, tes bonds de diablesse sont des bonds d'ange déchu ; et si tes ailes ont roussi au feu du sabbat, petite Zélie, ton cœur a gardé la couleur du ciel !…

# XXVII

## Coup de Couteau

Un soir, comme le jeune homme regagnait le cabaret du père Philippe, il entendit des voix irritées. Chozelle, très pâle, reprochait au grand Charles la mauvaise tenue de Lucienne qui avait osé, étant ivre, contrefaire ses tics. Il réclamait l'expulsion de la fille, menaçait de chercher un autre gîte pour ses habituels rendez-vous.

Sur les observations prudentes du cabaretier qui, sans doute, « savait des histoires », le couple sortit sans résistance, haineux et sournois.

— Tu vois comme je leur parle, dit Jacques, ils ne reviendront plus.

— Peut-être avez-vous eu tort.

— Tu sais bien que je n'ai pas peur. Ce gibier de potence va déguerpir au plus vite... Il n'aurait garde de se faire prendre.

André haussa les épaules, un peu inquiet, pourtant, sur le sort de sa petite amie qu'il craignait de ne plus revoir.

Chozelle, ayant jeté une pièce blanche sur le comptoir, se dirigea vers la porte.

Le temps était fort brumeux, et les rares becs de gaz éclairaient mal l'étroit trottoir que les palissades des maisons en construction barraient, de place en place.

— Ton bras ? demanda Jacques.

Ils cheminèrent, indécis sur le chemin, cherchant un fiacre.

Des trous noirs s'ouvraient tout à coup à leur côté, pleins de mystérieuse épouvante ; par des portes leur arrivait, comme par des bouches d'égout, une haleine âcre et corrompue. Ils trébuchaient dans des crevasses, glissaient sur des épluchures gluantes, se perdaient de plus en plus dans un dédale de ruelles obscures.

Parfois, le bruit d'une lutte dominait les autres bruits du faubourg ; des gémissements de filles qu'on égorge passaient comme des clameurs d'oiseau de nuit ; puis, c'étaient des rires gras, des injures, des paroles obscènes que les fenêtres mal closes de quelque bouge leur envoyait au passage. Ils côtoyaient des terrains à vendre, encombrés de plâtras et de détritus, où quelque chat famélique miaulait tristement. Des relents d'abattoir se mêlaient aux relents de misère ; et, de tant de détresses cachées, se dégageait une invincible tristesse, un infini malaise physique et moral.

André ne parlait pas, ayant quelque peine à diriger son compagnon qui s'appuyait lourdement sur son bras. Le brouillard était si opaque que la ligne des maisons se devinait à peine, sans indication de rues.

Chozelle, ayant mis le pied dans une flaque, rompit le silence.

— Un cauchemar cette cité de boue et de suie, ce quartier de meurtre perdu dans la Ville-Lumière !…

— Un cauchemar que nous connaissons trop ! Pourquoi ne pas rechercher des spectacles plus doux ? L'amour du macabre vous jouera un mauvais tour, cher Maître !

— Tu crois ?…

— On ne brave pas impunément la haine et la faim du peuple !

Jacques frissonna.

— Peut-être as-tu raison. Je suis écœuré de cette misère qui n'a même plus l'attrait de l'inconnu. Defeuille, au moins, a le vice élégant, et l'on ne risque pas de se faire égorger en sortant de ses petites fêtes. Je le déciderai à inviter mes nouveaux amis. Il n'y aura de changé que le décor.

Il semblait à André qu'ils revenaient sur leurs pas, et une sorte d'inquiétude nerveuse l'agitait, malgré lui.

— Nous n'en sortirons jamais ! murmura Chozelle avec découragement.

— Tâchons de retrouver la maison du père Philippe, et demandons à y passer la nuit.

— Oui, tu as raison. Je suis horriblement las !

Il achevait à peine, lorsqu'un homme se jeta sur eux, brandissant une arme. Instinctivement André s'était mis en avant, luttait corps à corps avec le grand Charles, qu'il avait reconnu. L'autre cherchait à l'écarter, à le renverser ; n'y parvenant pas, il lui enfonça son couteau dans la poitrine. André ouvrit les bras, trébucha, donna du front contre un mur, puis s'abattit sur le pavé visqueux.

— Vite ! à l'autre ! cria la voix rageuse de Lucienne.

Et le blessé entendit le bruit d'une galopade dans le brouillard qui se refermait sur la fuite effrénée de Jacques.

# XXVIII

## Fiamette pardonne

Fiamette, qui depuis deux mois, soignait la Comète, venait de recevoir une lettre dont la suscription, d'une grosse écriture enfantine, lui était inconnue.

— Qu'est-ce que c'est ? demanda Nora, en tournant vers son amie un visage de cire que n'éclairait qu'un étrange regard investigateur et tendre, le regard des moribonds qui interroge sans cesse, cherche dans le regard d'autrui l'espoir d'une guérison ou la certitude d'une fin prochaine.

— Une lettre qui ne me dit rien de bon.

— As-tu peur de l'ouvrir ?

— J'ai peur de tout, à présent. Quelque billet anonyme, sans doute ?

En tremblant, elle déchira l'enveloppe, et un cri d'angoisse expira sur ses lèvres.

— Quoi donc ?... demanda Nora. Une mauvaise nouvelle ?

— Oui. André a été blessé, la nuit dernière.

— Blessé !... Un duel ?...

— Je ne sais, vois.

Elle passa le billet à la Comète qui fit un effort pour se soulever sur les coussins.

— C'est signé : Zélie... Tu connais ?... — Non.

— La lettre est touchante, quoique sans orthographe, murmura la malade, et elle relut lentement ;

« Votre ami a reçu, cette nuit, un coup de couteau qui ne lui était pas destiné. Il a perdu connaissance, et on l'a transporté à l'hôpital, car il n'avait personne pour le soigner chez lui.

« Je sais qu'il vous aime toujours ; je vous préviens donc pour que vous alliez le guérir. Moi aussi, je l'aime, mais je ne suis qu'une amie et je désire seulement qu'il soit heureux par vous.

« Zélie. »

Suivait l'adresse de l'hôpital.

— Zélie !... soupira Fiamette...

— C'est un brave petit cœur, fit Nora, il faut aller retrouver André.

Déjà Fiamette était prête à partir. En hâte elle embrassa la Comète, qui souriait avec mélancolie.

— J'y vais.

— Tu reviendras, au moins ?...

— Certes.

— Tu sais... ce ne sera pas pour longtemps ;... ne m'abandonne pas !

Mais la jeune femme n'écoutait plus. C'est en courant qu'elle traversa l'antichambre et descendit les marches du petit hôtel. La porte de la cour était ouverte, un fiacre passait. Fiamette donna rapidement l'adresse au cocher, et se jeta sur les coussins où elle demeura anéantie, les yeux fixes, suivant sa chimère douloureuse. Elle ne sut jamais le chemin qu'elle avait pris et, lorsque la voiture s'arrêta, elle descendit machinalement devant une haute bâtisse à murs de prison qui, dès le seuil, exprimait la désespérance et la fin des choses.

Le concierge, bourru, lui indiqua une salle carrée, rigide, inhospitalière, avec des chaises et des bancs groupés dans le fond devant un guichet vitré. Des malheureux attendaient, déjà, tenant des oranges dans des papiers de soie, des pots de confiture, des bouteilles de vin fin, des friandises pour les condamnés qu'ils venaient voir.

Fiamette se mit à la queue, puis, en passant devant le guichet, demanda les renseignements nécessaires. Un autre employé lui indiqua, sans bienveillance, la salle où reposait André, et, après quelques détours dans les corridors, empuantis de phénol et de chloroforme, elle trouva ce qu'elle cherchait. Le lit 18 qu'occupait son ami était le dernier à gauche d'une vaste pièce, claire et froide. André, la chemise ouverte, semblait dormir. Il était très pâle, ayant perdu beaucoup de sang. Des linges fraîchement appliqués lui couvraient la poitrine.

Fiamette se pencha, lui prit doucement la main, et, comme il ne bougeait pas, murmura son nom.

— Je suis venue pour te soigner ; car tu m'as pardonné, n'est-ce pas ?... Tu as oublié ?... Tu sais bien que je ne suis pas coupable, que je n'ai jamais aimé que toi ?...

Le blessé ne l'entendait point.

Elle reprit d'une voix tremblante, pensant qu'il persistait dans son injuste rancune :

— Réponds-moi, dis-moi que tu ne m'en veux pas ! Je n'ai cherché que ton bien, et si j'ai agi imprudemment, il faut m'absoudre, car je n'avais pas de pensée mauvaise... Mon cœur, alors comme aujourd'hui, était tout plein de toi... Oui, cet argent que tu me reproches ?... Eh bien, pour l'avoir, j'ai vendu mon collier, tu sais, mon beau collier qui faisait si bien à la fête de Pascal ?... J'ai aussi cédé ma zibeline, qui était trop luxueuse sur mes vêtements de laine... Je n'avais pas autre chose... Que pouvais-je faire ?... Mais, tu aurais refusé ce sacrifice, alors j'ai menti, j'ai raconté que Pascal avait trouvé à placer tes articles et que les journaux s'étaient montrés généreux... Oui, tu as été atteint dans ton juste orgueil ; j'aurais dû trouver un autre prétexte... Je me suis maladroitement servie de ce qui te tenait le plus au cœur, ne pensant pas au réveil cruel, à la double désillusion qui t'attendait, puisque, un jour ou l'autre, tu aurais su, quand même... De cette faute, seule, je suis coupable... aie pitié, mon André, c'était encore par amour pour toi...

Le blessé ouvrit des yeux vagues, regarda son amie d'un pâle regard qui ne voyait pas.

Un interne qui passait secoua la tête, posa un doigt sur son front.

— Il ne vous reconnaît pas, madame, la secousse a été trop forte.

— Ah ! soupira Fiamette... Vous le sauverez, pourtant ?

— Sans doute, s'il ne survient pas de complications...

— Cette blessure ?...

— Oh ! elle n'est pas très grave... le couteau du meurtrier a glissé sur une côte ; un autre, à la place de ce jeune homme, serait déjà hors danger.

— Que craignez-vous donc ?...

— Mon Dieu, madame, le sujet est très affaibli par les veilles, les excès... le travail cérébral, peut-être ; c'est un neurasthénique, un éthéromane... Lorsqu'on nous l'a apporté, il avait le délire, et s'il est calme, en ce moment, il faut s'attendre à une récidive... Voyez, sa main est brûlante, des tics nerveux lui tirent la face...

Fiamette pleurait, n'osant dire à cet inconnu ce qui cependant lui brûlait les lèvres... Elle aurait voulu se caresser l'âme à un peu de pitié, puiser, en l'expérience et la sympathie d'autrui, la force de supporter cette épreuve. Mais l'interne détaillait surtout, en elle, la jolie femme et la femme élégante ; ses sentiments de mâle, instinctivement jaloux, devaient être plutôt hostiles au blessé. Elle le comprit, garda le silence, tandis que l'autre, pour s'attarder en cette atmosphère d'amour, se frôler à cette jupe soyeuse, arrangeait l'oreiller sous la tête d'André, assujettissait les linges qui couvraient la plaie, toujours saignante.

— Ah ! il nous faudra du temps, dit-il, la guérison sera très difficile.

Fiamette tamponna ses yeux, se disposa à partir.

— Est-ce qu'on pourra transporter le malade chez moi ?

— D'ici une semaine, sans doute.

— Merci, monsieur.

Elle embrassa son ami, mit dans ses doigts fiévreux un bouquet de violettes qu'elle avait apporté, et s'en alla en étouffant ses sanglots.

# XXIX

## L'Agonie

Et pendant dix jours ce fut un calvaire. Toujours entre ces deux agonisants, Fiamette connut les plus lourdes heures de son existence.

Nora pensait mourir à tout instant. D'effroyables crises de toux lui déchiraient la poitrine ; elle ne se soutenait plus que par l'extraordinaire tension de ses nerfs.

Le vide s'était fait autour de la malade. Le dernier amant avait fui, peu soucieux d'assister à cette fin, de contempler ce visage effrayant de morte amoureuse, où les yeux imploraient encore une charité tendre.

— Tu vois ce que sont les hommes ! disait Nora. Celui-là, pourtant, je l'ai bien chéri, et jamais je ne lui ai rien demandé… Oui, c'est celui que j'ai le plus aimé, et c'est celui qui m'a le plus fait souffrir !… Garde ton cœur, petite !

— Bah ! répondait tristement Fiamette, mieux vaut encore se donner et pleurer… La vie est trop laide sans amour !…

— Peut-être as-tu raison… et puis, on croit toujours qu'on est aimé, quand même, que les sacrifices amènent la reconnaissance… Il faut mourir pour perdre l'illusion dernière ;… heureusement qu'on ne meurt qu'une fois… On serait si heureux, pourtant, avec un peu de justice et de bonté !

— Ne parle pas, disait Fiamette, le médecin l'a défendu.

— Oui, parce que cela me fait tousser, et que je passerai dans une crise plus forte.

— Je t'assure…

— Oh ! ne cherche pas à mentir… Si tu savais comme ça m'est égal !…

Après un moment de silence, empli de rêveries mélancoliques, elle demandait :

— Et André ?…

Fiamette, alors, racontait sa visite de la journée, ne se lassait pas de donner des détails.

— Figure-toi que Jacques n'est pas venu une seule fois prendre de ses nouvelles !... Et, pourtant, il lui doit la vie... Ce coup de couteau lui était destiné.

— Comment le sais-tu ?...

— Par la petite Zélie qui m'a tout raconté... Oh ! la charmante et douce créature !... Il paraît qu'André toujours lui parlait de moi !... Elle a été bien malheureuse !

— Je ferai quelque chose pour elle, dit Nora, si elle est vraiment si intéressante.

— Plus que tu ne saurais croire...

Et Fiamette disait l'odyssée de la pierreuse, les mauvais traitements qu'elle avait subis, les exigences de sa sœur Lucienne et du grand Charles, qui la rouaient de coups lorsqu'elle n'avait pas accompli sa besogne honteuse.

Mais la Comète s'assoupissait, et son visage terreux, déjà recouvert du masque de la mort, angoissait la jeune femme qui s'agenouillait au pied du lit, fermait les yeux pour oublier la vision effroyable, cherchait dans sa mémoire quelques bribes de prières, et, fervemment, implorait le ciel pour la guérison de ces deux êtres chers : son amant et son amie.

# XXX

## Le Testament de la Comète

La Comète passa par une sombre journée de pluie, dans la tristesse des êtres et des choses. Elle cracha son âme dans un flot de sang, son âme indomptable qui n'avait servi qu'à la faire souffrir davantage, et Fiamette, après lui avoir fermé les yeux, lui mit au front un baiser sincère qui, avec une jonchée de roses, fleurit son dernier sommeil.

Quelques vestales de volupté suivirent le char, empanachées comme lui, et presque jalouses de cette morte qui avait de quoi s'offrir un convoi luxueux et des voitures vides… À l'église, elles pleurèrent plutôt sur elles-mêmes que sur la compagne heureuse qui s'en allait, jeune encore, ignorante des dédains, des rides et des cheveux blancs.

Fiamette, au bras de Pascal, regagna son petit appartement de la rue Caulaincourt, où une femme de ménage rangeait et nettoyait depuis deux jours, car André, enfin hors de danger, devait arriver le lendemain.

C'est ainsi que se balancent les chagrins et les joies. La mort, sans cesse, étant réparée par la vie, tout se renouvelle et tout s'efface, le cœur, comme la terre, s'ouvre indifféremment aux semences bonnes ou mauvaises, à l'espoir et à la révolte.

— Et, cette fois, dit Pascal, en quittant son joli modèle, garde bien ton amant.

— Ce ne sera pas difficile, soupira Fiamette, André, vous le savez, ne me reconnaît plus... Il vit dans un rêve perpétuel.

— Le rêve a du bon. À ta place, petite, puisque ton ami n'est pas méchant, je ne souhaiterais pas le réveil !

— Mais il est fou !

— Nous sommes tous fous. Il s'agirait de savoir qui de lui ou de nous l'est le plus !

Quelques jours après, Fiamette, ayant revêtu son costume de Salomé, pour complaire au poète, qui chantait en tisonnant d'une main paresseuse, apprit qu'elle héritait de la fortune de Nora.

— André, dit-elle, nous sommes riches !

Mais il n'entendait pas, continuait à construire dans l'âtre des palais de flammes, et les rimes d'or s'envolaient harmonieusement, emplissaient la pièce d'un battement d'ailes sonore.

— Nous sommes riches ! répéta Fiamette.

Et, comme il la baisait aux lèvres inconsciemment, ainsi que le papillon va à la fleur :

— Ah ! dit-elle, si tu comprenais, tu ne voudrais plus !... Reste ainsi, cher amour !... Seuls, ceux qui ne savent pas sont heureux !

FIN